华盖集

鲁迅——著

四川人民出版社

图书在版编目（CIP）数据

华盖集/鲁迅著. —成都：四川人民出版社，2020.7（2021.10重印）
（鲁迅文集精选）
ISBN 978-7-220-11879-1

Ⅰ.①华… Ⅱ.①鲁… Ⅲ.①鲁迅杂文－杂文集 Ⅳ.①I210.4

中国版本图书馆CIP数据核字（2020）第097133号

LUXUN WENJI JINGXUAN HUA GAI JI
鲁迅文集精选：华盖集
鲁 迅 著

责任编辑	张　丹
封面设计	象上设计
内文设计	戴雨虹
责任校对	舒晓利
责任印制	祝　健
出版发行	四川人民出版社（成都槐树街2号）
网　　址	http://www.scpph.com
E-mail	scrmcbs@sina.com
新浪微博	@四川人民出版社
微信公众号	四川人民出版社
发行部业务电话	（028）86259624　86259453
防盗版举报电话	（028）86259624
照　　排	四川胜翔数码印务设计有限公司
印　　刷	成都兴怡包装装潢有限公司
成品尺寸	145mm×208mm
印　　张	6.375
字　　数	120千
版　　次	2020年7月第1版
印　　次	2021年10月第4次印刷
书　　号	ISBN 978-7-220-11879-1
定　　价	368.00元（全10册）

■版权所有·侵权必究

本书若出现印装质量问题，请与我社发行部联系调换
电话：（028）86259453

中国需要鲁迅（代序）

王富仁

越是在一个躁动混乱的时代
越需要一个沉静倔强的灵魂

关于鲁迅，我已经说过太多的话，至今仍然有许多话想说。我现在最想说的话是什么呢？我现在最想说的话就是：中国需要鲁迅、中国仍然需要鲁迅、中国现在比过去更加需要鲁迅。

鲁迅那个时代，是中国积贫、积弱、随时都有可能沦为外国帝国主义的殖民地的时代。当时的先进知识分子，为了救国救民，提出了许多政治主张，影响最大的，有两大类：其一是晚清洋务派官僚的富国强兵的主张，其二是改良派和革命派革新政治制度的主张。唯独青年鲁迅，对这两派的政治主张都表示了异议，另外提出了"立人"的主张，并且用"掊物质而张灵明，任个人而排众数"两句话概括了它的含义。直至现在，鲁迅的立人思想已经少有人提，即使讲鲁迅"立人"思想的，也鲜有人重视鲁迅概括其含义的这两句话。实际上，不论是晚清洋务派的富国强兵的主张，还是改良派、革命派革新政治制度的主张，着眼点都在国家物质整体形式的变化，并且完全取决于政府官僚和少数精英知识分子。但是，当时中国是四亿五千万人的大国，政府官僚和精英知识分子最多也只有几万、几十万，那么，剩下的那四亿四千多万的民众就与中国现当代历史的发展无关了吗？就只能消极地跟着这些政府官僚和少数精英知识分子跑了吗？这些政府官僚和少数精英知识分子就一定能够将他们带到幸福光明的地方去吗？如果万一没有将他们带到那样的地方去，怎么办呢？当然，我们对当时那些先进知识分子的主观动机是不能怀疑的，但他们不是一两个人，谁能保证其中的每一个人都是百分之百地为了救国救民，而不会将国家的权力和财富据为已有呢？我认为，只要意识到这一点，我们就不难理解，为什么青年鲁迅并不满足于当时洋务派富国强兵的计划和改良派、革命派革新政治制度的政治主张，而另外强调"立人"的重要性了。

从国家整体的角度，一是要富强，一是要民主，除此之外好像什么都不重要了，但从个人的角度，就不同了。一个人要活着，当然也得有物质的条件，但只有物质的条件，还是远远不够的，《红楼梦》中荣、宁两大家人家，仅就物质的生活，可谓已极尽豪华奢侈之能事，但到头来，反倒是刘姥姥比他们过得更有些滋味，因为她到底还是靠着自己的那点聪明才智撑持着自己一家的生活，也理所当然地得到自己儿子和媳妇的一份真诚的爱心的。我们当代的中国人，当然不能满足当一个刘姥姥了。但其中的道理还是相通的：幸福是心灵内部的，而不是心灵外部的；是精神的，而不是物质的。并且是个人对个人生命的体验，得有点主见，得有点个人的意识和个人做人的尊严，光随大流是不行的，光人云亦云是不行的，更莫提巧取豪夺、趋炎附势、吹牛拍马、骄奢淫逸了。人，还是有人性的，有无人性，是只有自己最清楚的。在表面上，只有物质的才是最真实的，只有真金白银和个人权势才是最真实的，但在人的精神感受中，真实的却不是那些东西，而是爱和自由，物质的东西只有成为爱和自由的保障的时候，对于人才是有真实的价值的。一句话，要立人。要人成为一个人，成为有个性、有人性的人，就不能痴迷物质的东西，就要重视精神的东西；就不要受别人、受多数人的束缚，就要重视个人体验中的东西，重视个人与其他多数人不同的东西，发挥其他人无法发挥的作用。在这个愈来愈密集的现当代社会中，如果全国人都抢一样东西，就把这个世界抢乱了、抢翻了，抢到最后，还不是人吃人？

　　我之所以说我们现在仍然需要鲁迅、我们现在比过去更加需要鲁迅,是因为经过一个多世纪的努力,我们中国似乎确实已经成了一个"崛起的大国",晚清官僚提出的"富国强兵"的政治目标基本实现,虽然在政治上还要推进民主化的进程,但既然已经有了这么多从英美留学归国的精英知识分子都在关心着这件事,按理说,也应该不是一个多么高不可攀的事情。但中国现实社会的人的精神面貌却依然不是那么令人惬意的。我们富了、强了,政治民主的意识加强了,但我们的"幸福的指数"反倒降低了,患精神忧郁症的人似乎比鲁迅那个时候还要多,一些根本令人不可思议的怪现象几乎天天发生。这是为什么呢?这不恰恰证明了我们在精神上出了问题吗?

怎么办呢?我认为,我们20岁以上的中国人,在读完《论语》之后,不妨再抽上一个月的时间读一遍《鲁迅全集》,或许不是一点益处也没有的。

(本文作者王富仁系北京师范大学教授、博士生导师,汕头大学文学院终身教授。本文选自中国鲁迅研究名家精选集书系之《中国需要鲁迅》。)

目 录

《华盖集》 ··· 001

 题　记 ·· 003

 咬文嚼字 ·· 006

 青年必读书

  ——应《京报副刊》的征求 ······················· 010

 我的"籍"和"系" ······································· 011

 无花的蔷薇 ·· 015

 论辩的魂灵 ·· 022

 战士和苍蝇 ·· 025

 夏三虫 ·· 027

 "碰壁"之后 ··· 029

 这个与那个 ·· 036

 杂　感 ·· 045

北京通信 …………………………………… 048

导　师 …………………………………… 051

长　城 …………………………………… 053

《华盖集续编》 …………………………………… 055

小　引 …………………………………… 057

有趣的消息 …………………………………… 059

学界的三魂 …………………………………… 065

古书与白话 …………………………………… 069

一点比喻 …………………………………… 072

不是信 …………………………………… 075

我还不能"带住" …………………………………… 091

送灶日漫笔 …………………………………… 095

谈皇帝 …………………………………… 099

记念刘和珍君 …………………………………… 102

空　谈 …………………………………… 109

马上日记 …………………………………… 113

记"发薪" …………………………………… 125

上海通信 …………………………………… 132

《而已集》 …………………………………… 135

题辞 ·· 137

略论中国人的脸 ································ 138

革命时代的文学

——四月八日在黄埔军官学校讲 ············ 142

谈"激烈" ·· 150

魏晋风度及文章与药及酒之关系

——九月间在广州夏期学术演讲会讲 ········ 155

小杂感 ·· 174

卢梭和胃口 ·· 178

文学和出汗 ·· 182

文艺和革命 ·· 184

鲁迅年谱 ·· 186

《华盖集》

题　记

　　在一年的尽头的深夜中,整理了这一年所写的杂感,竟比收在《热风》里的整四年中所写的还要多。意见大部分还是那样,而态度却没有那么质直了,措辞也时常弯弯曲曲,议论又往往执滞在几件小事情上,很足以贻笑于大方之家。然而那又有什么法子呢。我今年偏遇到这些小事情,而偏有执滞于小事情的脾气。

　　我知道伟大的人物能洞见三世,观照一切,历大苦恼,尝大欢喜,发大慈悲。但我又知道这必须深入山林,坐古树下,静观默想,得天眼通,离人间愈远遥,而知人间也愈深,愈广;于是凡有言说,也愈高,愈大;于是而为天人师。我幼时虽曾梦想飞空,但至今还在地上,救小创伤尚且来不及,那有余暇使心开意豁,立论都公允妥洽,平正通达,像"正人君子"一般;正如沾水小蜂,只在泥土上爬来爬去,万不敢比附洋楼中的通人，但也自有悲苦愤激，决非洋楼中的通人所能领会。

这病痛的根柢就在我活在人间，又是一个常人，能够交着"华盖运"。

我平生没有学过算命，不过听老年人说，人是有时要交"华盖运"的。这"华盖"在他们口头上大概已经讹作"镬盖"了，现在加以订正。所以，这运，在和尚是好运：顶有华盖，自然是成佛作祖之兆。但俗人可不行，华盖在上，就要给罩住了，只好碰钉子。我今年开手作杂感时，就碰了两个大钉子：一是为了《咬文嚼字》，一是为了《青年必读书》。署名和匿名的豪杰之士的骂信，收了一大捆，至今还塞在书架下。此后又突然遇见了一些所谓学者，文士，正人，君子等等，据说都是讲公话，谈公理，而且深不以"党同伐异"为然的。可惜我和他们太不同了，所以也就被他们伐了几下，——但这自然是为"公理"之故，和我的"党同伐异"不同。这样，一直到现下还没有完结，只好"以待来年"。

也有人劝我不要做这样的短评。那好意，我是很感激的，而且也并非不知道创作之可贵。然而要做这样的东西的时候，恐怕也还要做这样的东西，我以为如果艺术之宫里有这么麻烦的禁令，倒不如不进去；还是站在沙漠上，看看飞沙走石，乐则大笑，悲则大叫，愤则大骂，即使被沙砾打得遍身粗糙，头破血流，而时时抚摩自己的凝血，觉得若有花纹，也未必不及跟着中国的文士们去陪莎士比亚吃黄油面包之有趣。

然而只恨我的眼界小，单是中国，这一年的大事件也可以算是很多的了，我竟往往没有论及，似乎无所感触。我早就很希望中国的青年站出来，对于中国的社会，文明，都毫无忌惮地加以批评，因此曾编印《莽原周刊》，作为发言之地，可惜来说话的竟很少。在别的刊物上，倒大抵是对于反抗者的打击，这实在是使我怕敢想下去的。

现在是一年的尽头的深夜，深得这夜将尽了，我的生命，至少是一部分的生命，已经耗费在写这些无聊的东西中，而我所获得的，乃是我自己的灵魂的荒凉和粗糙。但是我并不惧惮这些，也不想遮盖这些，而且实在有些爱他们了，因为这是我转辗而生活于风沙中的瘢痕。凡有自己也觉得在风沙中转辗而生活着的，会知道这意思。

我编《热风》时，除遗漏的之外，又删去了好几篇。这一回却小有不同了，一时的杂感一类的东西，几乎都在这里面。

一九二五年十二月三十一日之夜，记于绿林书屋东壁下

咬文嚼字

咬文嚼字（一）

以摆脱传统思想的束缚而来主张男女平等的男人，却偏喜欢用轻靓艳丽字样来译外国女人的姓氏：加些草头，女旁，丝旁。不是"思黛儿"，就是"雪琳娜"。西洋和我们虽然远哉遥遥，但姓氏并无男女之别，却和中国一样的，——除掉斯拉夫民族在语尾上略有区别之外。所以如果我们周家的姑娘不另姓绸，陈府上的太太也不另姓蔯，则欧文的小姐正无须改作妪纹，对于托尔斯泰夫人也不必格外费心，特别写成妥奶丝苔也。

以摆脱传统思想的束缚而来介绍世界文学的文人，却偏喜欢使外国人姓中国姓：Gogol 姓郭；Wilde 姓王；D'Annunzio 姓段，一姓唐；Holz 姓何；Gorky 姓高；Galsworthy 也姓高，假使他谈到 Gorky，大概是称他"吾家 rky"的了。我真万料不到一本《百家姓》，到现在还有这般伟力。

一九二五年一月八日

咬文嚼字（二）

古时候，咱们学化学，在书上很看见许多"金"旁和非"金"旁的古怪字，据说是原质名目，偏旁是表明"金属"或"非金属"的，那一边大概是译音。但是，锑，锶，锡，错，矽，连化学先生也讲得很费力，总须附加道："这回是熟悉的悉。这回是休息的息了。这回是常见的锡。"而学生们为要记得符号，仍须另外记住腊丁字。现在渐渐译起有机化学来，因此这类怪字就更多了，也更难了，几个字拼合起来，像贴在商人帐桌面前的将"黄金万两"拼成一个的怪字一样。中国的化学家多能兼做新仓颉。我想，倘若就用原文，省下造字的功夫来，一定于本职的化学上更其大有成绩，因为中国人的聪明是决不在白种人之下的。

在北京常看见各样好地名：辟才胡同，乃兹府，丞相胡同，协资庙，高义伯胡同，贵人关。但探起底细来，据说原是劈柴胡同，奶子府，绳匠胡同，蝎子庙，狗尾巴胡同，鬼门关。字面虽然改了，涵义还依旧。这很使我失望；否则，我将鼓吹改奴隶二字为"弩理"，或是"努礼"，使大家可以永远放心打盹儿，不必再愁什么了。但好在似乎也并没有什么人愁着，爆竹毕毕剥剥地都祀过财神了。

一九二五年二月十日

咬文嚼字（三）

自从世界上产生了"须知学校犹家庭"的名论之后，颇使我觉得惊奇，想考查这家庭的组织。后来，幸而在《国立北京女子师范大学校长杨荫榆对于暴烈学生之感言》中，发现了"与此曹子勃豀相向"这一句话，才算得到一点头绪：校长和学生的关系是"犹"之"妇姑"。于是据此推断，以为教员都是杂凑在杨府上的西宾，将这结论在《语丝》上发表。

"可惜"！昨天偶然在《晨报》上拜读"该校哲教系教员兼代主任汪懋祖以彼之意见书投寄本报"的话，这才知道我又错了，原来都是弟兄，而且现正"相煎益急"，像曹操的儿子阿丕和阿植似的。

但是，尚希原谅，我于引用的原文上都不加圈了。只因为我不想圈，并非文章坏。

据考据家说，这曹子建的《七步诗》是假的。但也没有什么大相干，姑且利用它来活剥一首，替豆萁伸冤：

煮豆燃豆萁，萁在釜下泣——

我烬你熟了，正好办教席！

一九二五年六月五日

青年必读书

——应《京报副刊》的征求

从来没有留心过,所以现在说不出。

附 注

但我要趁这机会,略说自己的经验,以供若干读者的参考——

我看中国书时,总觉得就沉静下去,与实人生离开;读外国书——但除了印度——时,往往就与人生接触,想做点事。

中国书虽有劝人入世的话,也多是僵尸的乐观;外国书即使是颓唐和厌世的,但却是活人的颓唐和厌世。

我以为要少——或者竟不——看中国书,多看外国书。

少看中国书,其结果不过不能作文而已。

但现在的青年最要紧的是"行",不是"言"。只要是活人,不能作文算什么大不了的事。

一九二五年二月十日

我的"籍"和"系"

虽然因为我劝过人少——或者竟不——读中国书,曾蒙一位不相识的青年先生赐信要我搬出中国去,但是我终于没有走。而且我究竟是中国人,读过中国书的,因此也颇知道些处世的妙法。譬如,假使要掉文袋,可以说说"桃红柳绿",这些事是大家早已公认的,谁也不会说你错。如果论史,就赞几句孔明,骂一通秦桧,这些是非也早经论定,学述一回决没有什么差池;况且秦太师的党羽现已半个无存,也可保毫无危险。至于近事呢,勿谈为佳,否则连你的籍贯也许会使你由可"尊敬"而变为"可惜"的。

我记得宋朝是不许南人做宰相的,那是他们的"祖制",只可惜终于不能坚持。至于"某籍"人说不得话,却是我近来的新发见。也还是女师大的风潮,我说了几句话。但我先要声明,我既然说过,颇知道些处世的妙法,为什么又去说话呢?那是,因为我是见过清末捣乱的人,没有生长在太平盛世,所以纵使颇有些涵养工夫，有时也不免要开口，客气地说，就是大不"安分"的。于是乎我说话了，不料陈西滢先生早已常常听到一种"流言"，那大致是"女师大的风潮，有北京教育界占最大势力的某籍某系的人在暗中鼓动"。现在我一说话，恰巧化"暗"为"明"，就使这常常听到流言的西滢先生代为"可惜"，虽然他存心忠厚，"自然还是不信平素所很尊敬的人会暗中挑剔风潮"；无奈"流言"却"更加传布得厉害了"，这怎不使人"怀疑"呢？自然是难怪的。

我确有一个"籍"，也是各人各有一个的籍，不足为奇。但我是什么"系"呢？自己想想，既非"研究系"，也非"交通系"，真不知怎么一回事。只好再精查，细想；终于也明白了，现在写它出来，庶几乎免得又有"流言"，以为我是黑籍的政客。

因为应付某国某君的嘱托，我正写了一点自己的履历，第一句是"我于一八八一年生在浙江省绍兴府城里一家姓周的家里"，这里就说明了我的"籍"。但自从到了"可惜"的地位之后，我便又在末尾添上一句道，"近几年我又兼做北京大学，师范大学，女子师范大学的国文系讲师"，这大概就是我的"系"了。我真不料我竟成了这样的一个"系"。

我常常要"挑剔"文字是确的，至于"挑剔风潮"这一种连字面都不通的阴谋，我至今还不知道是怎样的做法。何以一有流言，我就得沉默，否则立刻犯了嫌疑，至于使和我毫不相干的人如西滢先生者也来代为"可惜"呢？那么，如果流言说我正在钻营，我就得自己锁在房里了；如果流言说我想做皇帝，我就得连忙自称奴才了。然而古人却确是这样做过了，还留下些什么"空穴来风，桐乳来巢"的鬼格言。可惜我总不耐烦敬步后尘；不得已，我只好对于无论是谁，先奉还他无端送给我的"尊敬"。

其实，现今的将"尊敬"来布施和拜领的人们，也就都是上了古人的当。我们的乏的古人想了几千年，得到一个制驭别人的巧法：可压服的将他压服，否则将他抬高。而抬高也就是一种压服的手段，常常微微示意说，你应该这样，倘不，我要将你摔下来了。求人尊敬的可怜虫于是默默地坐着；但偶然也放开喉咙道"有利必有弊呀！""彼亦一是非，此亦一是非呀！""猗欤休哉呀！"听众遂亦同声赞叹道，"对呀对呀，可敬极了呀！"这样的互相敷衍下去，自己以为有趣。

从此这一个办法便成为八面锋，杀掉了许多乏人和白痴，但是穿了圣贤的衣冠入殓。可怜他们竟不知道自己将褒贬他的人们的身价估得太大了，反至于连自己的原价也一同失掉。

人类是进化的，现在的人心，当然比古人的高洁；但是"尊敬"的流毒，却还不下于流言，尤其是有谁装腔作势，要来将这撒去时，更足使乏人和白痴惶恐。我本来也无可尊敬；

也不愿受人尊敬,免得不如人意的时候,又被人摔下来。更明白地说罢:我所憎恶的太多了,应该自己也得到憎恶,这才还有点像活在人间;如果收得的乃是相反的布施,于我倒是一个冷嘲,使我对于自己也要大加侮蔑;如果收得的是吞吞吐吐的不知道算什么,则使我感到将要呕哕似的恶心。然而无论如何,"流言"总不能吓哑我的嘴……。

六月二日晨

无花的蔷薇

1

又是 Schopenhauer 先生的话——

"无刺的蔷薇是没有的。——然而没有蔷薇的刺却很多。"题目改变了一点,较为好看了。

"无花的蔷薇"也还是爱好看。

2

去年,不知怎的这位叔本华尔先生忽然合于我们国度里的绅士们的脾胃了,便拉扯了他的一点《女人论》;我也就夹七夹八地来称引了好几回,可惜都是刺,失了蔷薇,实在大煞风景,对不起绅士们。

记得幼小时候看过一出戏,名目忘却了,一家正在结婚,而勾魂的无常鬼已到,夹在婚仪中间,一同拜堂,一同进房,一同坐床……实在大煞风景,我希望我还不至于这样。

3

有人说我是"放冷箭者"。

我对于"放冷箭"的解释,颇有些和他们一流不同,是说有人受伤,而不知这箭从什么地方射出。所谓"流言"者,庶几近之。但是我,却明明站在这里。

但是我,有时虽射而不说明靶子是谁,这是因为初无"与众共弃"之心,只要该靶子独自知道,知道有了洞,再不要面皮鼓得急绷绷,我的事就完了。

4

蔡子民先生一到上海,《晨报》就据国闻社电报郑重地发表他的谈话,而且加以按语,以为"当为历年潜心研究与冷眼观察之结果,大足诏示国人,且为知识阶级所注意也。"

我很疑心那是胡适之先生的谈话,国闻社的电码有些错误了。

5

豫言者,即先觉,每为故国所不容,也每受同时人的迫害,大人物也时常这样。他要得人们的恭维赞叹时,必须死掉,或者沉默,或者不在面前。

总而言之,第一要难于质证。

如果孔丘,释迦,耶稣基督还活着,那些教徒难免要恐慌。对于他们的行为,真不知道教主先生要怎样慨叹。

所以,如果活着,只得迫害他。

待到伟大的人物成为化石,人们都称他伟人时,他已经变了傀儡了。

有一流人之所谓伟大与渺小,是指他可给自己利用的效果的大小而言。

6

法国罗曼罗兰先生今年满六十岁了。晨报社为此征文徐志摩先生于介绍之余,发感慨道:"……但如其有人拿一些时行的口号,什么打倒帝国主义等等,或是分裂与猜忌的现象,去报告罗兰先生说这是新中国,我再也不能预料他的感想了。"(《晨副》一二九九)

他住得远,我们一时无从质证,莫非从"诗哲"的眼光看来,罗兰先生的意思,是以为新中国应该欢迎帝国主义的么?

"诗哲"又到西湖看梅花去了,一时也无从质证。不知孤山的古梅,著花也未,可也在那里反对中国人"打倒帝国主义"?

7

志摩先生曰:"我很少夸奖人的。但西滢就他学法郎士的文章说,我敢说,已经当得起一句天津话:'有根'了。"而且"像西滢这样,在我看来,才当得起'学者'的名词。"(《晨

副》一四二三）

　　西滢教授曰："中国的新文学运动，方在萌芽，可是稍有贡献的人，如胡适之，徐志摩，郭沫若，郁达夫，丁西林，周氏兄弟等等都是曾经研究过他国文学的人。尤其是志摩他非但在思想方面，就是在体制方面，他的诗及散文，都已经有一种中国文学里从来不曾有过的风格。"（《现代》六三）

　　虽然抄得麻烦，但中国现今"有根"的"学者"和"尤其"的思想家及文人，总算已经互相选出了。

8

　　志摩先生曰："鲁迅先生的作品，说来大不敬得很，我拜读过很少，就只《呐喊》集里两三篇小说，以及新近因为有人尊他是中国的尼采他的《热风》集里的几页。他平常零星的东西，我即使看也等于白看，没有看进去或是没有看懂。"（《晨副》一四三三）

　　西滢教授曰："鲁迅先生一下笔就构陷人家的罪状。……可是他的文章，我看过了就放进了应该去的地方——说句体己话，我觉得它们就不应该从那里出来——手边却没有。"（同上）

虽然抄得麻烦，但我总算已经被中国现在"有根"的"学者"和"尤其"的思想家及文人协力踏倒了。

9

但我愿奉还"曾经研究过他国文学"的荣名。"周氏兄弟"之一，一定又是我了。我何尝研究过什么呢，做学生时候看几本外国小说和文人传记，就能算"研究过他国文学"么？

该教授——恕我打一句"官话"——说过，我笑别人称他们为"文士"，而不笑"某报天天鼓吹"我是"思想界的权威者"。现在不了，不但笑，简直唾弃它。

10

其实呢，被毁则报，被誉则默，正是人情之常。谁能说人的左颊既受爱人接吻而不作一声，就得援此为例，必须默默地将右颊给仇人咬一口呢？

我这回的竟不要那些西滢教授所颁赏陪衬的荣名，"说句体己话"罢，实在是不得已。我的同乡不是有"刑名师爷"的么？他们都知道，有些东西，为要显示他伤害你的时候的公正，在不相干的地方就称赞你几句，似乎有赏有罚，使别人看去，很像无私……。

"带住!"又要"构陷人家的罪状"了。只是这一点，就已经够使人"即使看也等于白看"，或者"看过了就放进了应该去的地方"了。

一九二六年二月二十七日

论辩的魂灵

二十年前到黑市,买得一张符,名叫"鬼画符"。虽然不过一团糟,但帖在壁上看起来,却随时显出各样的文字,是处世的宝训,立身的金箴。今年又到黑市去,又买得一张符,也是"鬼画符"。但帖了起来看,也还是那一张,并不见什么增补和修改。今夜看出来的大题目是"论辩的魂灵";细注道:"祖传老年中年青年'逻辑'扶乩灭洋必胜妙法太上老君急急如律令敕"。今谨摘录数条,以公同好——

"洋奴会说洋话。你主张读洋书,就是洋奴,人格破产了!受人格破产的洋奴崇拜的洋书,其价值从可知矣!但我读洋文是学校的课程,是政府的功令,反对者,即反对政府也。无父无君之无政府党,人人得而诛之。"

"你说中国不好。你是外国人么?为什么不到外国去?

可惜外国人看你不起……。"

"你说甲生疮。甲是中国人,你就是说中国人生疮了。既然中国人生疮,你是中国人,就是你也生疮了。你既然也生疮,你就和甲一样。而你只说甲生疮,则竟无自知之明,你的话还有什么价值?倘你没有生疮,是说诳也。卖国贼是说诳的,所以你是卖国贼。我骂卖国贼,所以我是爱国者。爱国者的话是最有价值的,所以我的话是不错的,我的话既然不错,你就是卖国贼无疑了!"

"自由结婚未免太过激了。其实,我也并非老顽固,中国提倡女学的还是我第一个。但他们却太趋极端了,太趋极端,即有亡国之祸,所以气得我偏要说'男女授受不亲'。况且,凡事不可过激;过激派都主张共妻主义的。乙赞成自由结婚,不就是主张共妻主义么?他既然主张共妻主义,就应该先将他的妻拿出来给我们'共'。"

"丙讲革命是为的要图利:不为图利,为什么要讲革命?我亲眼看见他三千七百九十一箱半的现金抬进门。你说不然,反对我么?那么,你就是他的同党。呜呼,党同伐异之风,于今为烈,提倡欧化者不得辞其咎矣!"

"丁牺牲了性命,乃是闹得一塌糊涂,活不下去了的缘故。现在妄称志士,诸君切勿为其所愚。况且,中国不是更坏了么?"

"戊能算什么英雄呢？听说，一声爆竹，他也会吃惊。还怕爆竹，能听枪炮声么？怕听枪炮声，打起仗来不要逃跑么？打起仗来就逃跑的反称英雄，所以中国糟透了。"

"你自以为是'人'，我却以为非也。我是畜类，现在我就叫你爹爹。你既然是畜类的爹爹，当然也就是畜类了。"

"勿用惊叹符号，这是足以亡国的。但我所用的几个在例外。

中庸太太提起笔来，取精神文明精髓，作明哲保身大吉大利格言二句云：

中学为体西学用，

不薄今人爱古人。"

一九二五年

战士和苍蝇

Schopenhauer 说过这样的话：要估定人的伟大，则精神上的大和体格上的大，那法则完全相反。后者距离愈远即愈小，前者却见得愈大。

正因为近则愈小，而且愈看见缺点和创伤，所以他就和我们一样，不是神道，不是妖怪，不是异兽。他仍然是人，不过如此。但也惟其如此，所以他是伟大的人。

战士战死了的时候，苍蝇们所首先发现的是他的缺点和伤痕，嘬着，营营地叫着，以为得意，以为比死了的战士更英雄。但是战士已经战死了，不再来挥去他们。于是乎苍蝇们即更其营营地叫，自以为倒是不朽的声音，因为它们的完全，远在战士之上。

的确的，谁也没有发现过苍蝇们的缺点和创伤。然而，有缺点的战士终竟是战士，完美的苍蝇也终竟不过是苍蝇。

去罢，苍蝇们！虽然生着翅子，还能营营，总不会超过战士的。你们这些虫豸(zhi)们!

一九二五年三月二十一日

夏三虫

夏天近了,将有三虫:蚤,蚊,蝇。

假如有谁提出一个问题,问我三者之中,最爱什么,而且非爱一个不可,又不准像"青年必读书"那样的缴白卷的。我便只得回答道:跳蚤。

跳蚤的来吮血,虽然可恶,而一声不响地就是一口,何等直截爽快。蚊子便不然了,一针叮进皮肤,自然还可以算得有点彻底的,但当未叮之前,要哼哼地发一篇大议论,却使人觉得讨厌。如果所哼的是在说明人血应该给它充饥的理由,那可更其讨厌了,幸而我不懂。

野雀野鹿,一落在人手中,总时时刻刻想要逃走。其实,在山林间,上有鹰鹯,下有虎狼,何尝比在人手里安全。为什么当初不逃到人类中来,现在却要逃到鹰鹯虎狼间去?或者,鹰鹯虎狼之于它们,正如跳蚤之于我们罢。肚子饿了,抓着就是一口，决不谈道理，弄玄虚。被吃者也无须在被吃之前，先承认自己之理应被吃，心悦诚服，誓死不二。人类，可是也颇擅长于哼哼的了，害中取小，它们的避之惟恐不速，正是绝顶聪明。

苍蝇嗡嗡地闹了大半天，停下来也不过舐一点油汗，倘有伤痕或疮疖，自然更占一些便宜；无论怎么好的，美的，干净的东西，又总喜欢一律拉上一点蝇矢。但因为只舐一点油汗，只添一点腌臜，在麻木的人们还没有切肤之痛，所以也就将它放过了。中国人还不很知道它能够传播病菌，捕蝇运动大概不见得兴盛。它们的运命是长久的；还要更繁殖。

但它在好的，美的，干净的东西上拉了蝇矢之后，似乎还不至于欣欣然反过来嘲笑这东西的不洁：总要算还有一点道德的。

古今君子，每以禽兽斥人，殊不知便是昆虫，值得师法的地方也多着哪。

一九二五年四月四日

"碰壁"之后

我平日常常对我的年青的同学们说：古人所谓"穷愁著书"的话，是不大可靠的。穷到透顶，愁得要死的人，那里还有这许多闲情逸致来著书？我们从来没有见过候补的饿殍在沟壑边吟哦；鞭扑底下的囚徒所发出来的不过是直声的叫喊，决不会用一篇妃红俪白的骈体文来诉痛苦的。所以待到磨墨吮笔，说什么"履穿踵决"时，脚上也许早经是丝袜；高吟"饥来驱我去……"的陶征士，其时或者偏已很有些酒意了。正当苦痛，即说不出苦痛来，佛说极苦地狱中的鬼魂，也反而并无叫唤！

华夏大概并非地狱，然而"境由心造"，我眼前总充塞着重迭的黑云，其中有故鬼，新鬼，游魂，牛首阿旁，畜生，化生，大叫唤，无叫唤，使我不堪闻见。我装作无所闻见模样，以图欺骗自己，总算已从地狱中出离。

打门声一响，我又回到现实世界了。又是学校的事。我为什么要做教员?! 想着走着，出去开门，果然，信封上首先就看见通红的一行字：国立北京女子师范大学。

我本就怕这学校，因为一进门就觉得阴惨惨，不知其所以然，但也常常疑心是自己的错觉。后来看到杨荫榆校长《致全体学生公启》里的"须知学校犹家庭，为尊长者断无不爱家属之理，为幼稚者亦当体贴尊长之心"的话，就恍然了，原来我虽然在学校教书，也等于在杨家坐馆，而这阴惨惨的气味，便是从"冷板凳"里出来的。可是我有一种毛病，自己也疑心是自讨苦吃的根苗，就是偶尔要想想。所以恍然之后，即又有疑问发生：这家族人员——校长和学生——的关系是怎样的，母女，还是婆媳呢？

想而又想，结果毫无。幸而这位校长宣言多，竟在她《对于暴烈学生之感言》里获得正确的解答了。曰，"与此曹子勃谿相向"，则其为婆婆无疑也。

现在我可以大胆地用"妇姑勃谿"这句古典了。但婆媳吵架，与西宾又何干呢？因为究竟是学校，所以总还是时常有信来，或是婆婆的，或是媳妇的。我的神经又不强，一闻打门而悔做教员者以此，而且也确有可悔的理由。

这一年她们的家务简直没有完，媳妇儿们不佩服婆婆做校长了，婆婆可是不歇手。这是她的家庭，怎么肯放手呢？无足怪的。而且不但不放，还趁"五七"之际，在什么饭店请人吃饭之后,开除了六个学生自治会的职员,并且发表了那"须知学校犹家庭"的名论。

这回抽出信纸来一看,是媳妇儿们的自治会所发的,略谓:

"旬余以来,校务停顿,百费待兴,若长此迁延,不特虚掷数百青年光阴,校务前途,亦岌岌不可终日。……"

底下是请教员开一个会,出来维持的意思的话,订定的时间是当日下午四点钟。

"去看一看罢。"我想。

这也是我的一种毛病,自己也疑心是自讨苦吃的根苗;明知道无论什么事,在中国是万不可轻易去"看一看"的,然而终于改不掉,所以谓之"病"。但是,究竟也颇熟于世故了,我想后,又立刻决定,四点太早,到了一定没有人,四点半去罢。

四点半进了阴惨惨的校门,又走进教员休息室。出乎意料之外!除一个打盹似的校役以外,已有两位教员坐着了。一位是见过几面的;一位不认识,似乎说是姓汪,或姓王,我不大听明白,——其实也无须。

我也和他们在一处坐下了。

"先生的意思以为这事情怎样呢?"这不识教员在招呼之后,看住了我的眼睛问。

"这可以由各方面说……。你问的是我个人的意见么?我个人的意见,是反对杨先生的办法的……。"

糟了!我的话没有说完,他便将他那灵便小巧的头向旁边一摇,表示不屑听完的态度。但这自然是我的主观;在他,或者也许本有将头摇来摇去的毛病的。

"就是开除学生的罚太严了。否则,就很容易解决……。"我还要继续说下去。

"嗡嗡。"他不耐烦似的点头。

我就默然,点起火来吸烟卷。

"最好是给这事情冷一冷……。"不知怎的他又开始发表他的"冷一冷"学说了。

"嗡嗡。瞧着看罢。"这回是我不耐烦似的点头,但终于多说了一句话。

我点头讫,瞥见坐前有一张印刷品,一看之后,毛骨便悚然起来。文略谓:

"……第用学生自治会名义,指挥讲师职员,召集校务维持讨论会,……本校素遵部章,无此学制,亦无此办法，根本上不能成立。……而自闹潮以来……不能不筹正当方法，又有其他校务进行，亦待大会议决，兹定于（月之二十一日）下午七时，由校特请全体主任专任教员评议会会员在太平湖饭店开校务紧急会议，解决种种重要问题。务恳大驾莅临，无任盼祷！"

署名就是我所视为畏途的"国立北京女子师范大学"，但下面还有一个"启"字。我这时才知道我不该来，也无须"莅临"太平湖饭店，因为我不过是一个"兼任教员"。然而校长为什么不制止学生开会，又不预先否认，却要叫我到了学校来看这"启"的呢？我愤然地要质问了，举目四顾，两个教员，一个校役，四面砖墙带着门和窗门，而并没有半个负有答复的责任的生物。"国立北京女子师范学校"虽然能"启"，然而是不能答的。只有默默地阴森地四周的墙壁将人包围，现出险恶的颜色。

我感到苦痛了，但没有悟出它的原因。

可是两个学生来请开会了；婆婆终于没有露面。我们就走进会场去，这时连我已经有五个人；后来陆续又到了七八人。于是乎开会。

"为幼稚者"仿佛不大能够"体贴尊长之心"似的，很诉了许多苦。然而我们有什么权利来干预"家庭"里的事呢？而况太平湖饭店里又要"解决种种重要问题"了！但是我也说明了几句我所以来校的理由，并要求学校当局今天缩头缩脑办法的解答。然而，举目四顾，只有媳妇儿们和西宾，砖墙带着门和窗门，而并没有半个负有答复的责任的生物！

我感到苦痛了，但没有悟出它的原因。

这时我所不识的教员和学生在谈话了；我也不很细听。但在他的话里听到一句"你们做事不要碰壁"，在学生的话里听到一句"杨先生就是壁"，于我就仿佛见了一道光，立刻知道我的痛苦的原因了。

碰壁，碰壁！我碰了杨家的壁了！

其时看看学生们，就像一群童养媳……。

这一种会议是照例没有结果的，几个自以为大胆的人物对于婆婆稍加微辞之后，即大家走散。我回家坐在自己的窗下的时候，天色已近黄昏，而阴惨惨的颜色却渐渐地退去，回忆到碰壁的学说，居然微笑起来了。

中国各处是壁，然而无形，像"鬼打墙"一般，使你随时能"碰"。能打这墙的，能碰而不感到痛苦的，是胜利者。——但是，此刻太平湖饭店之宴已近阑珊，大家都已经吃到冰其淋，在那里"冷一冷"了罢……。

我于是仿佛看见雪白的桌布已经沾了许多酱油渍，男男女女围着桌子都吃冰其淋，而许多媳妇儿，就如中国历来的大多数媳妇儿在苦节的婆婆脚下似的,都决定了暗淡的运命。

我吸了两支烟,眼前也光明起来,幻出饭店里电灯的光彩,看见教育家在杯酒间谋害学生,看见杀人者于微笑后屠戮百姓,看见死尸在粪土中舞蹈,看见污秽洒满了风籁琴,我想取作画图,竟不能画成一线。我为什么要做教员,连自己也侮蔑自己起来。但是织芳来访我了。

我们闲谈之间,他也忽而发感慨——

"中国什么都黑暗,谁也不行,但没有事的时候是看不出来的。教员咧,学生咧,烘烘烘,烘烘烘,真像一个学校,一有事故,教员也不见了,学生也慢慢躲开了;结局只剩下几个傻子给大家做牺牲,算是收束。多少天之后,又是这样的学校,躲开的也出来了,不见的也露脸了,'地球是圆的'咧,'苍蝇是传染病的媒介'咧,又是学生咧,教员咧,烘烘烘……。"

从不像我似的常常"碰壁"的青年学生的眼睛看来,中国也就如此之黑暗么?然而他们仅有微弱的呻吟,然而一呻吟就被杀戮了!

一九二五年五月二十一日夜

这个与那个

一 读经与读史

一个阔人说要读经,嗡的一阵一群狭人也说要读经。岂但"读"而已矣哉,据说还可以"救国"哩。"学而时习之,不亦说乎?"那也许是确凿的罢,然而甲午战败了,——为什么独独要说"甲午"呢,是因为其时还在开学校,废读经以前。

我以为伏案还未功深的朋友,现在正不必埋头来哼线装书。倘其咿唔日久,对于旧书有些上瘾了,那么,倒不如去读史,尤其是宋朝明朝史,而且尤须是野史;或者看杂说。

现在中西的学者们,几乎一听到"钦定四库全书"这名目就魂不附体,膝弯总要软下来似的。其实呢,书的原式是改变了,错字是加添了,甚至于连文章都删改了,最便当的是《琳琅秘室丛书》中的两种《茅亭客话》,一是宋本,一是四库本,一比较就知道。"官修"而加以"钦定"的正史也一样，不但本纪咧，列传咧，要摆"史架子"；里面也不敢说什么。据说，字里行间是也含着什么褒贬的，但谁有这么多的心眼儿来猜闷壶卢。至今还道"将平生事迹宣付国史馆立传"，还是算了罢。

野史和杂说自然也免不了有讹传，挟恩怨，但看往事却可以较分明，因为它究竟不像正史那样地装腔作势。看宋事，《三朝北盟汇编》已经变成古董，太贵了，新排印的《宋人说部丛书》却还便宜。明事呢，《野获编》原也好，但也化为古董了，每部数十元；易于入手的是《明季南北略》，《明季稗史汇编》，以及新近集印的《痛史》。

史书本来是过去的陈帐簿，和急进的猛士不相干。但先前说过，倘若还不能忘情于咿唔，倒也可以翻翻，知道我们现在的情形，和那时的何其神似，而现在的昏妄举动，胡涂思想，那时也早已有过，并且都闹糟了。

试到中央公园去，大概总可以遇见祖母带着她孙女儿在玩的。这位祖母的模样，就预示着那娃儿的将来。所以倘有谁要预知令夫人后日的丰姿，也只要看丈母。不同是当然要有些不同的，但总归相去不远。我们查帐的用处就在此。

但我并不说古来如此，现在遂无可为，劝人们对于"过去"生敬畏心，以为它已经铸定了我们的运命。Le Bon 先生说，死人之力比生人大，诚然也有一理的，然而人类究竟进化着。又据章士钊总长说，则美国的什么地方已在禁讲进化论了，这实在是吓死我也，然而禁只管禁，进却总要进的。

总之：读史，就愈可以觉悟中国改革之不可缓了。虽是国民性，要改革也得改革，否则，杂史杂说上所写的就是前车。一改革，就无须怕孙女儿总要像点祖母那些事，譬如祖母的脚是三角形，步履维艰的，小姑娘的却是天足，能飞跑；丈母老太太出过天花，脸上有些缺点的，令夫人却种的是牛痘，所以细皮白肉：这也就大差其远了。

一九二五年十二月八日

二 捧与挖

中国的人们，遇见带有会使自己不安的朕兆的人物，向来就用两样法：将他压下去，或者将他捧起来。

压下去就用旧习惯和旧道德，或者凭官力，所以孤独的精神的战士，虽然为民众战斗，却往往反为这"所为"而灭亡。到这样，他们这才安心了。压不下时，则于是乎捧，以为抬之使高，餍之使足，便可以于己稍稍无害，得以安心。

伶俐的人们，自然也有谋利而捧的，如捧阔老，捧戏子，捧总长之类；但在一般粗人，——就是未尝"读经"的，则凡有捧的行为的"动机"，大概是不过想免害。即以所奉祀的神道而论，也大抵是凶恶的，火神瘟神不待言，连财神也是蛇呀刺猬呀似的骇人的畜类；观音菩萨倒还可爱，然而那是从印度输入的，并非我们的"国粹"。要而言之：凡有被捧者，十之九不是好东西。

既然十之九不是好东西，则被捧而后，那结果便自然和捧者的希望适得其反了。不但能使不安，还能使他们很不安，因为人心本来不易餍足。然而人们终于至今没有悟，还以捧为苟安之一道。

记得有一部讲笑话的书，名目忘记了，也许是《笑林广记》罢，说，当一个知县的寿辰，因为他是子年生，属鼠的，属员们便集资铸了一个金老鼠去作贺礼。知县收受之后，另寻了机会对大众说道：明年又恰巧是贱内的整寿；她比我小一岁，是属牛的。其实，如果大家先不送金老鼠，他决不敢想金牛。一送开手，可就难于收拾了，无论金牛无力致送，即使送了，怕他的姨太太也会属象。象不在十二生肖之内，似乎不近情理罢，但这是我替他设想的法子罢了，知县当然别有我们所莫测高深的妙法在。

民元革命时候，我在Ｓ城，来了一个都督。他虽然也出身绿林大学，未尝"读经"（？），但倒是还算顾大局，听舆论的，可是自绅士以至于庶民,又用了祖传的捧法群起而捧之了。这个拜会,那个恭维,今天送衣料,明天送翅席,捧得他连自己也忘其所以,结果是渐渐变成老官僚一样,动手刮地皮。

最奇怪的是北几省的河道,竟捧得河身比屋顶高得多了。当初自然是防其溃决,所以壅上一点土;殊不料愈壅愈高,一旦溃决,那祸害就更大。于是就"抢堤"咧,"护堤"咧,"严防决堤"咧,花色繁多,大家吃苦。如果当初见河水泛滥,不去增堤,却去挖底,我以为决不至于这样。

有贪图金牛者,不但金老鼠,便是死老鼠也不给。那么,此辈也就连生日都未必做了。单是省却拜寿,已经是一件大快事。

中国人的自讨苦吃的根苗在于捧,"自求多福"之道却在于挖。其实,劳力之量是差不多的,但从惰性太多的人们看来,却以为还是捧省力。

一九二五年十二月十日

三　最先与最后

《韩非子》说赛马的妙法,在于"不为最先,不耻最后"。

这虽是从我们这样外行的人看起来，也觉得很有理。因为假若一开首便拼命奔驰，则马力易竭。但那第一句是只适用于赛马的，不幸中国人却奉为人的处世金箴了。

中国人不但"不为戎首","不为祸始",甚至于"不为福先"。所以凡事都不容易有改革；前驱和闯将，大抵是谁也怕得做。然而人性岂真能如道家所说的那样恬淡；欲得的却多。既然不敢径取，就只好用阴谋和手段。以此，人们也就日见其卑怯了，既是"不为最先"，自然也不敢"不耻最后"，所以虽是一大堆群众，略见危机，便"纷纷作鸟兽散"了。如果偶有几个不肯退转，因而受害的，公论家便异口同声，称之曰傻子。对于"锲而不舍"的人们也一样。

我有时也偶尔去看看学校的运动会。这种竞争，本来不像两敌国的开战，挟有仇隙的，然而也会因了竞争而骂，或者竟打起来。但这些事又作别论。竞走的时候，大抵是最快的三四个人一到决胜点，其余的便松懈了，有几个还至于失了跑完豫定的圈数的勇气，中途挤入看客的群集中；或者佯为跌倒，使红十字队用担架将他抬走。假若偶有虽然落后，却尽跑，尽跑的人，大家就嗤笑他。大概是因为他太不聪明，"不耻最后"的缘故罢。

所以中国一向就少有失败的英雄，少有韧性的反抗，少有敢单身鏖战的武人，少有敢抚哭叛徒的吊客；见胜兆则纷纷聚集,见败兆则纷纷逃亡。战具比我们精利的欧美人,战具未必比我们精利的匈奴蒙古满洲人,都如入无人之境。"土崩瓦解"这四个字,真是形容得有自知之明。

多有"不耻最后"的人的民族,无论什么事,怕总不会一下子就"土崩瓦解"的,我每看运动会时,常常这样想:优胜者固然可敬,但那虽然落后而仍非跑至终点不止的竞技者,和见了这样竞技者而肃然不笑的看客,乃正是中国将来的脊梁。

四　流产与断种

近来对于青年的创作，忽然降下一个"流产"的恶谥，哄然应和的就有一大群。我现在相信，发明这话的是没有什么恶意的，不过偶尔说一说；应和的也是情有可原的，因为世事本来大概就这样。

我独不解中国人何以于旧状况那么心平气和，于较新的机运就这么疾首蹙额；于已成之局那么委曲求全，于初兴之事就这么求全责备？

智识高超而眼光远大的先生们开导我们：生下来的倘不是圣贤，豪杰，天才，就不要生；写出来的倘不是不朽之作，就不要写；改革的事倘不是一下子就变成极乐世界，或者，至少能给我（！）有更多的好处，就万万不要动！……

那么，他是保守派么？据说：并不然的。他正是革命家。惟独他有公平，正当，稳健，圆满，平和，毫无流弊的改革法；现下正在研究室里研究着哩，——只是还没有研究好。

什么时候研究好呢？答曰：没有准儿。

孩子初学步的第一步，在成人看来，的确是幼稚，危险，不成样子，或者简直是可笑的。但无论怎样的愚妇人，却总以恳切的希望的心,看他跨出这第一步去,决不会因为他的走法幼稚,怕要阻碍阔人的路线而"逼死"他;也决不至于将他禁在床上,使他躺着研究到能够飞跑时再下地。因为她知道:假如这么办,即使长到一百岁也还是不会走路的。

古来就这样,所谓读书人,对于后起者却反而专用彰明较著的或改头换面的禁锢。近来自然客气些,有谁出来,大抵会遇见学士文人们挡驾:且住,请坐。接着是谈道理了:调查,研究,推敲,修养,……结果是老死在原地方。否则,便得到"捣乱"的称号。我也曾有如现在的青年一样,向已死和未死的导师们问过应走的路。他们都说:不可向东,或西,或南,或北。但不说应该向东,或西,或南,或北。我终于发见他们心底里的蕴蓄了:不过是一个"不走"而已。

坐着而等待平安,等待前进,倘能,那自然是很好的,但可虑的是老死而所等待的却终于不至;不生育,不流产而等待一个英伟的宁馨儿,那自然也很可喜的,但可虑的是终于什么也没有。

倘以为与其所得的不是出类拔萃的婴儿,不如断种,那就无话可说。但如果我们永远要听见人类的足音,则我以为流产究竟比不生产还有望,因为这已经明明白白地证明着能够生产的了。

一九二五年十二月二十日

杂　感

人们有泪，比动物进化，但即此有泪，也就是不进化，正如已经只有盲肠，比鸟类进化，而究竟还有盲肠，终不能很算进化一样。凡这些，不但是无用的赘物，还要使其人达到无谓的灭亡。

现今的人们还以眼泪赠答，并且以这为最上的赠品，因为他此外一无所有。无泪的人则以血赠答，但又各各拒绝别人的血。

人大抵不愿意爱人下泪。但临死之际，可能也不愿意爱人为你下泪么？无泪的人无论何时，都不愿意爱人下泪，并且连血也不要：他拒绝一切为他的哭泣和灭亡。

人被杀于万众聚观之中，比被杀在"人不知鬼不觉"的地方快活，因为他可以妄想，博得观众中的或人的眼泪。但是，无泪的人无论被杀在什么所在，于他并无不同。

杀了无泪的人，一定连血也不见。爱人不觉他被杀之惨，仇人也终于得不到杀他之乐：这是他的报恩和复仇。

死于敌手的锋刃，不足悲苦；死于不知何来的暗器，却是悲苦。但最悲苦的是死于慈母或爱人误进的毒药，战友乱发的流弹，病菌的并无恶意的侵入，不是我自己制定的死刑。

仰慕往古的，回往古去罢！想出世的，快出世罢！想上天的，快上天罢！灵魂要离开肉体的，赶快离开罢！现在的地上，应该是执着现在，执着地上的人们居住的。

但厌恶现世的人们还住着。这都是现世的仇仇，他们一日存在，现世即一日不能得救。

先前，也曾有些愿意活在现世而不得的人们，沉默过了，呻吟过了，叹息过了，哭泣过了，哀求过了，但仍然愿意活在现世而不得，因为他们忘却了愤怒。

勇者愤怒，抽刃向更强者；怯者愤怒，却抽刃向更弱者。不可救药的民族中，一定有许多英雄，专向孩子们瞪眼。这些孱头们！

孩子们在瞪眼中长大了，又向别的孩子们瞪眼，并且想：他们一生都过在愤怒中。因为愤怒只是如此，所以他们要愤怒一生，——而且还要愤怒二世，三世，四世，以至末世。

无论爱什么，——饭，异性，国，民族，人类等等，——只有纠缠如毒蛇，执着如怨鬼，二六时中，没有已时者有望。

但太觉疲劳时，也无妨休息一会罢；但休息之后，就再来一回罢，而且两回，三回……。血书，章程，请愿，讲学，哭，电报，开会，挽联，演说，神经衰弱，则一切无用。

血书所能挣来的是什么？不过就是你的一张血书，况且并不好看。至于神经衰弱，其实倒是自己生了病，你不要再当作宝贝了，我的可敬爱而讨厌的朋友呀！

我们听到呻吟，叹息，哭泣，哀求，无须吃惊。见了酷烈的沉默，就应该留心了；见有什么像毒蛇似的在尸林中蜿蜒，怨鬼似的在黑暗中奔驰，就更应该留心了：这在豫告"真的愤怒"将要到来。那时候，仰慕往古的就要回往古去了，想出世的要出世去了，想上天的要上天了，灵魂要离开肉体的就要离开了！……

一九二五年五月五日

北京通信

蕴儒,培良两兄:

昨天收到两份《豫报》,使我非常快活,尤其是见了那《副刊》。因为它那蓬勃的朝气,实在是在我先前的豫想以上。你想:从有着很古的历史的中州,传来了青年的声音,仿佛在豫告这古国将要复活,这是一件如何可喜的事呢?

倘使我有这力量,我自然极愿意有所贡献于河南的青年。但不幸我竟力不从心,因为我自己也正站在歧路上,——或者,说得较有希望些:站在十字路口。站在歧路上是几乎难于举足,站在十字路口,是可走的道路很多。我自己,是什么也不怕的,生命是我自己的东西,所以我不妨大步走去,向着我自以为可以走去的路;即使前面是深渊,荆棘,狭谷,火坑,都由我自己负责。然而向青年说话可就难了,如果盲人瞎马,引入危途,我就该得谋杀许多人命的罪孽。

所以，我终于还不想劝青年一同走我所走的路；我们的年龄，境遇，都不相同，思想的归宿大概总不能一致的罢。但倘若一定要问我青年应当向怎样的目标，那么，我只可以说出我为别人设计的话，就是：一要生存，二要温饱，三要发展。有敢来阻碍这三事者，无论是谁，我们都反抗他，扑灭他！

可是还得附加几句话以免误解，就是：我之所谓生存，并不是苟活；所谓温饱，并不是奢侈；所谓发展，也不是放纵。

中国古来，一向是最注重于生存的，什么"知命者不立于岩墙之下"咧，什么"千金之子坐不垂堂"咧，什么"身体发肤受之父母不敢毁伤"咧，竟有父母愿意儿子吸鸦片的，一吸，他就不至于到外面去，有倾家荡产之虞了。可是这一流人家，家业也决不能长保，因为这是苟活。苟活就是活不下去的初步，所以到后来，他就活不下去了。意图生存，而太卑怯，结果就得死亡。以中国古训中教人苟活的格言如此之多，而中国人偏多死亡，外族偏多侵入，结果适得其反，可见我们蔑弃古训，是刻不容缓的了。这实在是无可奈何，因为我们要生活，而且不是苟活的缘故。

中国人虽然想了各种苟活的理想乡，可惜终于没有实现。但我却替他们发见了，你们大概知道的罢，就是北京的第一监狱。这监狱在宣武门外的空地里，不怕邻家的火灾；每日两餐，不虑冻馁；起居有定，不会伤生；构造坚固，不会倒塌；

禁卒管着，不会再犯罪；强盗是决不会来抢的。住在里面，何等安全，真真是"千金之子坐不垂堂"了。但缺少的就有一件事：自由。

古训所教的就是这样的生活法，教人不要动。不动，失错当然就较少了，但不活的岩石泥沙，失错不是更少么？我以为人类为向上，即发展起见，应该活动，活动而有若干失错，也不要紧。惟独半死半生的苟活，是全盘失错的。因为他挂了生活的招牌，其实却引人到死路上去！

我想，我们总得将青年从牢狱里引出来，路上的危险，当然是有的，但这是求生的偶然的危险，无从逃避。想逃避，就须度那古人所希求的第一监狱式生活了，可是真在第一监狱里的犯人，都想早些释放，虽然外面并不比狱里安全。

北京暖和起来了；我的院子里种了几株丁香，活了；还有两株榆叶梅，至今还未发芽，不知道他是否活着。

昨天闹了一个小乱子，许多学生被打伤了；听说还有死的，我不知道确否。其实，只要听他们开会，结果不过是开会而已，因为加了强力的迫压，遂闹出开会以上的事来。俄国的革命，不就是从这样的路径出发的么？

夜深了，就此搁笔，后来再谈罢。

鲁迅。五月八日夜

导 师

近来很通行说青年；开口青年，闭口也是青年。但青年又何能一概而论？有醒着的，有睡着的，有昏着的，有躺着的，有玩着的，此外还多。但是，自然也有要前进的。

要前进的青年们大抵想寻求一个导师。然而我敢说：他们将永远寻不到。寻不到倒是运气；自知的谢不敏，自许的果真识路么？凡自以为识路者，总过了"而立"之年，灰色可掬了，老态可掬了，圆稳而已，自己却误以为识路。假如真识路，自己就早进向他的目标，何至于还在做导师。说佛法的和尚，卖仙药的道士，将来都与白骨是"一丘之貉"，人们现在却向他听生西的大法，求上升的真传，岂不可笑！

但是我并非敢将这些人一切抹杀；和他们随便谈谈，是可以的。说话的也不过能说话，弄笔的也不过能弄笔；别人如果希望他打拳，则是自己错。他如果能打拳，早已打拳了，但那时,别人大概又要希望他翻筋斗。

有些青年似乎也觉悟了,我记得《京报副刊》征求青年必读书时,曾有一位发过牢骚,终于说:只有自己可靠!我现在还想斗胆转一句,虽然有些杀风景,就是:自己也未必可靠的。

我们都不大有记性。这也无怪,人生苦痛的事太多了,尤其是在中国。记性好的,大概都被厚重的苦痛压死了;只有记性坏的,适者生存,还能欣然活着。但我们究竟还有一点记忆,回想起来,怎样的"今是昨非"呵,怎样的"口是心非"呵,怎样的"今日之我与昨日之我战"呵。我们还没有正在饿得要死时于无人处见别人的饭,正在穷得要死时于无人处见别人的钱,正在性欲旺盛时遇见异性,而且很美的。我想,大话不宜讲得太早,否则,倘有记性,将来想到时会脸红。

或者还是知道自己之不甚可靠者,倒较为可靠罢。

青年又何须寻那挂着金字招牌的导师呢?不如寻朋友,联合起来,同向着似乎可以生存的方向走。你们所多的是生力,遇见深林,可以辟成平地的,遇见旷野,可以栽种树木的,遇见沙漠,可以开掘井泉的。问什么荆棘塞途的老路,寻什么乌烟瘴气的鸟导师!

一九二五年五月十一日

长　城

伟大的长城!

这工程,虽在地图上也还有它的小像,凡是世界上稍有知识的人们,大概都知道的罢。

其实,从来不过徒然役死许多工人而已,胡人何尝挡得住。现在不过一种古迹了,但一时也不会灭尽,或者还要保存它。

我总觉得周围有长城围绕。这长城的构成材料,是旧有的古砖和补添的新砖。两种东西联为一气造成了城壁,将人们包围。

何时才不给长城添新砖呢?

这伟大而可诅咒的长城!

一九二五年五月十一日

《华盖集续编》

小　引

　　还不满一整年，所写的杂感的分量，已有去年一年的那么多了。秋来住在海边，目前只见云水，听到的多是风涛声，几乎和社会隔绝。如果环境没有改变，大概今年不见得再有什么废话了罢。灯下无事，便将旧稿编集起来；还豫备付印，以供给要看我的杂感的主顾们。

　　这里面所讲的仍然并没有宇宙的奥义和人生的真谛。不过是，将我所遇到的，所想到的，所要说的，一任它怎样浅薄，怎样偏激，有时便都用笔写了下来。说得自夸一点，就如悲喜时节的歌哭一般，那时无非借此来释愤抒情，现在更不想和谁去抢夺所谓公理或正义。你要那样，我偏要这样是有的；偏不遵命，偏不磕头是有的；偏要在庄严高尚的假面上拨它一拨也是有的，此外却毫无什么大举。名副其实，"杂感"而已。

　　从一月以来的，大略都在内了；只删去了一篇。那是因为其中开列着许多人,未曾,也不易遍征同意,所以不好擅自发表。

书名呢?年月是改了,情形却依旧,就还叫《华盖集》。然而年月究竟是改了,因此只得添上两个字:"续编"。

一九二六年十月十四日,鲁迅记于厦门

有趣的消息

虽说北京像一片大沙漠，青年们却还向这里跑；老年们也不大走，即或有到别处去走一趟的，不久就转回来了，仿佛倒是北京还很有什么可以留恋。厌世诗人的怨人生，真是"感慨系之矣"，然而他总活着；连祖述释迦牟尼先生的哲人叔本华尔也不免暗地里吃一种医治什么病症的药，不肯轻易"涅槃"。俗语说："好死不如恶活"，这当然不过是俗人的俗见罢了，可是文人学者之流也何尝不这样。所不同的，只是他总有一面辞严义正的军旗，还有一条尤其义正辞严的逃路。真的，倘不这样，人生可真要无聊透顶，无话可说了。

北京就是一天一天地百物昂贵起来；自己的"区区金事"，又因为"妄有主张"，被章士钊先生革掉了。向来所遭遇的呢，借了安特来夫的话来说，是"没有花，没有诗"，就只有百物昂贵。然而也还是"妄有主张"，没法回头；倘使有一个妹子，如《晨报副刊》上所艳称的"闲话先生"的家事似的,叫道:"阿哥!"那声音正如"银铃之响于幽谷",向我求告,"你不要再做文章得罪人家了,好不好?"我也许可以借此拨转马头,躲到别墅里去研究汉朝人所做的"四书"注疏和理论去。然而,惜哉,没有这样的好妹子;"女婴之婵媛兮,申申其詈予,曰:鲧婞直以亡身兮,终然殀乎羽之野。"连有一个那样凶姊姊的幸福也不及屈灵均。我的终于"妄有主张",或者也许是无可推托之故罢。然而这关系非同小可,将来怕要遭殃了,因为我知道,得罪人是要得到报应的。

话要回到释迦先生的教训去了,据说:活在人间,还不如下地狱的稳妥。做人有"作"就是动作(＝造孽),下地狱却只有"报"(＝报应)了;所以生活是下地狱的原因,而下地狱倒是出地狱的起点。这样说来,实在令人有些想做和尚,但这自然也只限于"有根"(据说,这是"一句天津话")的大人物,我却不大相信这一类鬼画符。活在沙漠似的北京城里,枯燥当然是枯燥的,但偶然看看世态,除了百物昂贵之外,究竟还是五花八门,创造艺术的也有,制造流言的也有,肉麻的也有,有趣的也有……这大概就是北京之所以为北京的缘故,也就是人们总还要奔凑聚集的缘故。可惜的是只有一些小玩意,老实一点的朋友就难于给自己竖起一杆辞严义正的军旗来。

我一向以为下地狱的事,待死后再对付,只有目前的生活的枯燥是最可怕的，于是便不免于有时得罪人，有时则寻些小玩意儿来开开笑口，但这也就是得罪人。得罪人当然要受报，那也只好准备着，因为寻些小玩意儿来开开笑口的是更不能竖起辞严义正的军旗来的。其实，这里也何尝没有国家大事的消息呢，"关外战事不日将发生"呀，"国军一致拥段"哪，有些报纸上都用了头号字煌煌地排印着，可以刺得人们头昏，但于我却都没有什么鸟趣味。人的眼界之狭是不大有药可救的，我近来觉得有趣的倒要算看见那在德国手格盗匪若干人，在北京率领三河县老妈子一大队的武士刘百昭校长居然做骈文，大有偃武修文之意了；而且"百昭海邦求学，教部备员，多艺之誉愧不如人，审美之情差堪自信"，还是一位文武全才，我先前实在没有料想到。第二，就是去年肯管闲事的"学者"，今年不管闲事了，在年底结清帐目的办法，原来不止是掌柜之于流水簿，也可以适用于"正人君子"的行为的。或者，"阿哥！"这一声叫，正在中华民国十四年十二月卅一日的夜间十二点钟罢。

但是，这些趣味，刹那间也即消失了，就是我自己的思想的变动，也诚然是可恨。我想，照着境遇，思想言行当然要迁移，一迁移，当然会有所以迁移的道理。况且世界上的国庆很不少，古今中外名流尤其多，他们的军旗，是全都早经竖定了的。前人之勤，后人之乐，要做事的时候可以援引孔丘墨翟，不做事的时候另外有老聃，要被杀的时候我是关龙逄，要杀人的时候他是少正卯，有些力气的时候看看达尔文赫胥黎的书，要人帮忙就有克鲁巴金的《互助论》，勃朗宁夫妇岂不是讲恋爱的模范么，叔本华尔和尼采又是咒诅女人的名人，……归根结蒂，如果杨荫榆或章士钊可以比附到犹太人特莱孚斯去，则他的箴片就可以等于左拉等辈了。这个时候，可怜的左拉要被中国人背出来；幸而杨荫榆或章士钊是否等于特莱孚斯，也还是一个大疑问。

然而事情还没有这么简单，中国的坏人（如水平线下的文人和学棍学匪之类），似乎将来要大吃其苦了，虽然也许要在身后，像下地狱一般。但是，深谋远虑的人，总还以从此小心，不要多说为稳妥。你以为"闲话先生"真是不管闲事了么？并不然的。据说他是要"到那天这班出锋头的人们脱尽了锐气的日子，我们这位闲话先生正在从容的从事他那'完工的拂拭'（The finishing touch），笑吟吟的擎着他那枝从铁杠磨成的绣针，讽刺我们情急是多么不经济的一个态度，反面说只有无限的耐心才是天才唯一的凭证"。（《晨报副刊》一四二三）

后出者胜于前者，本是天下的平常事情，但除了堕落的民族。即以衣服而论，也是由裸体而用会阴带或围裙，于是有衣裳，衮冕。我们将来的天才却特异的，别人系了围裙狂跳时，他却躲在绣房里刺绣，——不，磨绣针。待到别人的围裙全数破旧,他却穿了绣花衫子站出来了。大家只好说道"阿!"可怜的性急的野蛮人,竟连围裙也不知道换一条,怪不得锐气终于脱尽;脱尽犹可,还要看那"笑吟吟"的"讽刺"的"天才"脸哩,这实在是对于灵魂的鞭责,虽说还在辽远的将来。

还有更可怕的,是我们风闻二〇二五年一到,陶孟和教授要发表一部著作。内容如何,只有百年后的我们的曾孙或玄孙们知道罢了,但幸而在《现代评论增刊》上提前发表了几节,所以我们竟还能"管中窥豹"似的,略见这一部新书的大概。那是讲"现代教育界的特色"的,连教员的"兼课"之多也说在内。他问:"我的议论太悲观,太刻薄,太荒诞吗?我深愿受这个批评,假使事实可以证明。"这些批评我们且俟之百年之后,虽然那时也许无从知道事实;典籍呢,大概也只有"笑吟吟的"佳作留传。要是当真这样,那大半是"英雄所见略同"的,后人总不至于以为刻薄罢。但我们也难于悬揣,不过就今论今,似乎颇有些"孔子作《春秋》,而乱臣贼子惧"之意了。人们不逢如此盛事者,盖已将二千四百年云。

总之:百年以内,将有陈源教授的许多(?)书,百年以后,将有陶孟和教授的一部书出现。内容虽然不知道怎样,但据目下所走漏的风声看起来,大概总是讽刺"那班出锋头的人们",或"驰驱九城"的教授的。

我常常感叹,印度小乘教的方法何等厉害:它立了地狱之说，借着和尚，尼姑，念佛老妪的嘴来宣扬，恐吓异端，使心志不坚定者害怕。那诀窍是在说报应并非眼前，却在将来百年之后，至少也须到锐气脱尽之时。这时候你已经不能动弹了，只好听别人摆布，流下鬼泪，深悔生前之妄出锋头；而且这时候，这才认识阎罗大王的尊严和伟大。

这些信仰，也许是迷信罢，但神道设教，于"挽世道而正人心"的事，或者也还是不无裨益。况且，未能将坏人"投畀豺虎"于生前，当然也只好口诛笔伐之于身后，孔子一车两马，倦游各国以还，抽出钢笔来作《春秋》，盖亦此志也。

但是，时代迁流了，到现在，我以为这些老玩意，也只好骗骗极端老实人。连闹这些玩意儿的人们自己尚且未必信，更何况所谓坏人们。得罪人要受报应，平平常常，并不见得怎样奇特，有时说些宛转的话，是姑且客气客气的，何尝想借此免于下地狱。这是无法可想的，在我们不从容的人们的世界中，实在没有那许多工夫来摆臭绅士的臭架子了，要做就做，与其说明年喝酒，不如立刻喝水；待廿一世纪的剖拨戮尸，倒不如马上就给他一个嘴巴。至于将来，自有后起的人们，决不是现在人即将来所谓古人的世界，如果还是现在的世界，中国就会完！

一九二六年一月十四日

学界的三魂

从《京报副刊》上知道有一种叫《国魂》的期刊，曾有一篇文章说章士钊固然不好，然而反对章士钊的"学匪"们也应该打倒。我不知道大意是否真如我所记得？但这也没有什么关系，因为不过引起我想到一个题目，和那原文是不相干的。意思是，中国旧说，本以为人有三魂六魄，或云七魄；国魂也该这样。而这三魂之中，似乎一是"官魂"，一是"匪魂"，还有一个是什么呢？也许是"民魂"罢，我不很能够决定。又因为我的见闻很偏隘，所以未敢悉指中国全社会，只好缩而小之曰"学界"。

中国人的官瘾实在深，汉重孝廉而有埋儿刻木，宋重理学而有高帽破靴，清重帖括而有"且夫""然则"。总而言之：那魂灵就在做官，——行官势，摆官腔，打官话。顶着一个皇帝做傀儡，得罪了官就是得罪了皇帝，于是那些人就得了雅号曰

"匪徒"。学界的打官话是始于去年，凡反对章士钊的都得了"土匪"，"学匪"，"学棍"的称号，但仍然不知道从谁的口中说出，所以还不外乎一种"流言"。

但这也足见去年学界之糟了，竟破天荒的有了学匪。以大点的国事来比罢，太平盛世，是没有匪的；待到群盗如毛时，看旧史，一定是外戚，宦官，奸臣，小人当国，即使大打一通官话，那结果也还是"呜呼哀哉"。当这"呜呼哀哉"之前，小民便大抵相率而为盗，所以我相信源增先生的话："表面上看只是些土匪与强盗，其实是农民革命军。"（《国民新报副刊》四三）那么，社会不是改进了么？并不，我虽然也是被谥为"土匪"之一，却并不想为老前辈们饰非掩过。农民是不来夺取政权的，源增先生又道："任三五热心家将皇帝推倒，自己过皇帝瘾去。"但这时候，匪便被称为帝，除遗老外，文人学者却都来恭维，又称反对他的为匪了。

所以中国的国魂里大概总有这两种魂：官魂和匪魂。这也并非硬要将我辈的魂挤进国魂里去，贪图与教授名流的魂为伍，只因为事实仿佛是这样。社会诸色人等，爱看《双官诰》，也爱看《四杰村》，望偏安巴蜀的刘玄德成功，也愿意打家劫舍的宋公明得法；至少，是受了官的恩惠时候则艳羡官僚，受了官的剥削时候便同情匪类。但这也是人情之常；倘使连这一点反抗心都没有，岂不就成为万劫不复的奴才了？

然而国情不同，国魂也就两样。记得在日本留学时候，有些同学问我在中国最有大利的买卖是什么，我答道："造反。"他们便大骇怪。在万世一系的国度里，那时听到皇帝可以一脚踢落，就如我们听说父母可以一棒打杀一般。为一部分士女所心悦诚服的李景林先生，可就深知此意了，要是报纸上所传非虚。今天的《京报》即载着他对某外交官的谈话道："予预计于旧历正月间，当能与君在天津晤谈；若天津攻击竟至失败，则拟俟三四月间卷土重来，若再失败，则暂投土匪，徐养兵力，以待时机"云。但他所希望的不是做皇帝，那大概是因为中华民国之故罢。

所谓学界，是一种发生较新的阶级，本该可以有将旧魂灵略加湔洗之望了，但听到"学官"的官话，和"学匪"的新名，则似乎还走着旧道路。那末，当然也得打倒的。这来打倒他的是"民魂"，是国魂的第三种。先前不很发扬，所以一闹之后，终不自取政权，而只"任三五热心家将皇帝推倒，自己过皇帝瘾去"了。

惟有民魂是值得宝贵的，惟有他发扬起来，中国才有真进步。但是，当此连学界也倒走旧路的时候，怎能轻易地发挥得出来呢？在乌烟瘴气之中，有官之所谓"匪"和民之所谓匪；有官之所谓"民"和民之所谓民；有官以为"匪"而其实是真的国民，有官以为"民"而其实是衙役和马弁。所以貌似"民魂"的，有时仍不免为"官魂"，这是鉴别魂灵者所应该十分注意的。

话又说远了，回到本题去。去年，自从章士钊提了"整顿学风"的招牌，上了教育总长的大任之后，学界里就官气弥漫，顺我者"通"，逆我者"匪"，官腔官话的余气，至今还没有完。但学界却也幸而因此分清了颜色；只是代表官魂的还不是章士钊，因为上头还有"减膳"执政在，他至多不过做了一个官魄；现在是在天津"徐养兵力，以待时机"了。我不看《甲寅》，不知道说些什么话：官话呢，匪话呢，民话呢，衙役马弁话呢？……

一九二六年一月二十四日

古书与白话

记得提倡白话那时,受了许多谣诼诬谤,而白话终于没有跌倒的时候,就有些人改口说:然而不读古书,白话是做不好的。我们自然应该曲谅这些保古家的苦心,但也不能不悯笑他们这祖传的成法。凡有读过一点古书的人都有这一种老手段:新起的思想,就是"异端",必须歼灭的,待到它奋斗之后,自己站住了,这才寻出它原来与"圣教同源";外来的事物,都要"用夷变夏",必须排除的,但待到这"夷"入主中夏,却考订出来了,原来连这"夷"也还是黄帝的子孙。这岂非出人意料之外的事呢?无论什么,在我们的"古"里竟无不包函了!

用老手段的自然不会长进,到现在仍是说非"读破几百卷书者"即做不出好白话文,于是硬拉吴稚晖先生为例。可是竟又会有"肉麻当有趣",述说得津津有味的,天下事真是千奇百怪。其实吴先生的"用讲话体为文",即"其貌"也何尝与"黄口小儿所作若同"。不是"纵笔所之,辄万数千言"么?其中自然有古典,为"黄口小儿"所不知,尤有新典,为"束发小生"所不晓。清光绪末,我初到日本东京时,这位吴稚晖先生已在和公使蔡钧大战了,其战史就有这么长,则见闻之多,自然非现在的"黄口小儿"所能企及。所以他的遣辞用典,有许多地方是惟独熟于大小故事的人物才能够了然,从青年看来,第一是惊异于那文辞的滂沛。这或者就是名流学者们所认为长处的罢,但是,那生命却不在于此。甚至于竟和名流学者们所拉拢恭维的相反,而在自己并不故意显出长处,也无法灭去名流学者们的所谓长处;只将所说所写,作为改革道中的桥梁,或者竟并不想到作为改革道中的桥梁。

愈是无聊赖,没出息的脚色,愈想长寿,想不朽,愈喜欢多照自己的照相,愈要占据别人的心,愈善于摆臭架子。但是,似乎"下意识"里,究竟也觉得自己之无聊的罢,便只好将还未朽尽的"古"一口咬住,希图做着肠子里的寄生虫,一同传世;或者在白话文之类里找出一点古气,反过来替古董增加宠荣。如果"不朽之大业"不过这样,那未免太可怜了罢。而且,到了二九二五年,"黄口小儿"们还要看什么《甲寅》之流,也未免过于可惨罢,即使它"自从孤桐先生下台之后,……也渐渐的有了生气了"。

菲薄古书者，惟读过古书者最有力，这是的确的。因为他洞知弊病，能"以子之矛攻子之盾"，正如要说明吸鸦片的弊害，大概惟吸过鸦片者最为深知，最为痛切一般。但即使"束发小生"，也何至于说，要做戒绝鸦片的文章，也得先吸尽几百两鸦片才好呢。

古文已经死掉了；白话文还是改革道上的桥梁，因为人类还在进化。便是文章，也未必独有万古不磨的典则。虽然据说美国的某处已经禁讲进化论了，但在实际上，恐怕也终于没有效的。

一九二六年一月二十五日

一点比喻

在我的故乡不大通行吃羊肉，阖城里，每天大约不过杀几匹山羊。北京真是人海，情形可大不相同了，单是羊肉铺就触目皆是。雪白的群羊也常常满街走，但都是胡羊，在我们那里称绵羊的。山羊很少见；听说这在北京却颇名贵了，因为比胡羊聪明，能够率领羊群，悉依它的进止，所以畜牧家虽然偶而养几匹，却只用作胡羊们的领导，并不杀掉它。

这样的山羊我只见过一回，确是走在一群胡羊的前面，脖子上还挂着一个小铃铎，作为智识阶级的徽章。通常，领的赶的却多是牧人，胡羊们便成了一长串，挨挨挤挤，浩浩荡荡，凝着柔顺有余的眼色，跟定他匆匆地竞奔它们的前程。我看见这种认真的忙迫的情形时，心里总想开口向它们发一句愚不可及的疑问——

"往那里去？！"

人群中也很有这样的山羊，能领了群众稳妥平静地走去，直到他们应该走到的所在。袁世凯明白一点这种事，可惜用得不大巧，大概因为他是不很读书的，所以也就难于熟悉运用那些奥妙。后来的武人可更蠢了，只会自己乱打乱割，乱得哀号之声，洋洋盈耳，结果是除了残虐百姓之外，还加上轻视学问，荒废教育的恶名。然而"经一事，长一智"，二十世纪已过了四分之一，脖子上挂着小铃铎的聪明人是总要交到红运的，虽然现在表面上还不免有些小挫折。

那时候，人们，尤其是青年，就都循规蹈矩，既不嚣张，也不浮动，一心向着"正路"前进了，只要没有人问——

"往那里去？！"

君子若曰："羊总是羊，不成了一长串顺从地走，还有什么别的法子呢？君不见夫猪乎？拖延着，逃着，喊着，奔突着，终于也还是被捉到非去不可的地方去，那些暴动，不过是空费力气而已矣。"

这是说：虽死也应该如羊，使天下太平，彼此省力。

这计划当然是很妥帖，大可佩服的。然而，君不见夫野猪乎？它以两个牙，使老猎人也不免于退避。这牙，只要猪脱出了牧豕奴所造的猪圈，走入山野，不久就会长出来。

Schopenhauer 先生曾将绅士们比作豪猪，我想，这实在有些失体统。但在他，自然是并没有什么别的恶意的，不过拉扯来作一个比喻。《Parerga und Paralipomena》里有着这样意思的话：有一群豪猪，在冬天想用了大家的体温来御寒冷，紧靠起来了，但它们彼此即刻又觉得刺的疼痛，于是乎又离开。然而温暖的必要，再使它们靠近时，却又吃了照样的苦。但它们在这两种困难中，终于发见了彼此之间的适宜的间隔，以这距离，它们能够过得最平安。人们因为社交的要求，聚在一处，又因为各有可厌的许多性质和难堪的缺陷，再使他们分离。他们最后所发见的距离，——使他们得以聚在一处的中庸的距离，就是"礼让"和"上流的风习"。有不守这距离的，在英国就这样叫，"Keep your disatance！"

但即使这样叫，恐怕也只能在豪猪和豪猪之间才有效力罢，因为它们彼此的守着距离，原因是在于痛而不在于叫的。假使豪猪们中夹着一个别的，并没有刺，则无论怎么叫，它们总还是挤过来。孔子说：礼不下庶人。照现在的情形看，该是并非庶人不得接近豪猪，却是豪猪可以任意刺着庶人而取得温暖。受伤是当然要受伤的，但这也只能怪你自己独独没有刺，不足以让他守定适当的距离。孔子又说：刑不上大夫。这就又难怪人们的要做绅士。

这些豪猪们，自然也可以用牙角或棍棒来抵御的，但至少必须拼出背一条豪猪社会所制定的罪名："下流"或"无礼"。

一九二六年一月二十五日

不是信

一个朋友忽然寄给我一张《晨报副刊》,我就觉得有些特别,因为他是知道我懒得看这种东西的。但既然特别寄来了,姑且看题目罢:《关于下面一束通信告读者们》。署名是:志摩。哈哈,这是寄来和我开玩笑的,我想;赶紧翻转,便是几封信,这寄那,那寄这,看了几行,才知道似乎还是什么"闲话……闲话"问题。这问题我仅知道一点儿,就是曾在新潮社看见陈源教授即西滢先生的信,说及我"捏造的事实,传布的'流言',本来已经说不胜说"。不禁好笑;人就苦于不能将自己的灵魂砍成酱,因此能有记忆,也因此而有感慨或滑稽。记得首先根据了"流言",来判决杨荫榆事件即女师大风潮的,正是这位西滢先生,那大文便登在去年五月三十日发行的《现代评论》上。我不该生长"某籍"又在"某系"教书,所以也被归入"暗中挑剔风潮"者之列,虽然他说还不相信,不过觉得可惜。在这里声明一句罢，以免读者的误解："某系"云者，大约是指国文系，不是说研究系。那时我见了"流言"字样，曾经很愤然，立刻加以驳正，虽然也很自愧没有"十年读书十年养气的工夫"。不料过了半年，这些"流言"却变成由我传布的了，自造自己的"流言"，这真是自己掘坑埋自己，不必说聪明人，便是傻子也想不通。倘说这回的所谓"流言"，并非关于"某籍某系"的，乃是关于不信"流言"的陈源教授的了，则我实在不知道陈教授有怎样的被捏造的事实和流言在社会上传布。说起来惭愧煞人，我不赴宴会，很少往来，也不奔走，也不结什么文艺学术的社团，实在最不合式于做捏造事实和传布流言的枢纽。只是弄弄笔墨是在所不免的，但也不肯以流言为根据，故意给它传布开来，虽然偶有些"耳食之言"，又大抵是无关大体的事；要是错了，即使月久年深，也决不惜追加订正，例如对于汪原放先生"已作古人"一案，其间竟隔了几乎有两年。——但这自然是只对于看过《热风》的读者说的。

这几天，我的"捏……言"罪案，仿佛只等于昙花一现了，《一束通信》的主要部分中，似乎也承情没有将我"流"进去，不过在后屁股的《西滢致志摩》是附带的对我的专论，虽然并非一案，却因为亲属关系而灭族，或文字狱的株连一般。灭族呀，株连呀，又有点"刑名师爷"口吻了，其实这是事实，法家不过给他起了一个名，所谓"正人君子"是不肯说的，虽然不妨这样做。此外如甲对乙先用流言，后来却说乙制造流言这一类事，"刑名师爷"的笔下就简括到只有两个字："反噬"。呜呼，这实在形容得痛快淋漓。然而古语说，"察见渊鱼者不祥"，所以"刑名师爷"总没有好结果，这是我早经知道的。

我猜想那位寄给我《晨报副刊》的朋友的意思了：来刺激我，讥讽我，通知我的，还是要我也说几句话呢？终于不得而知。好，好在现在正须还笔债，就用这一点事来搪塞一通罢，说话最方便的题目是《鲁迅致□□》，既非根据学理和事实的论文，也不是"笑吟吟"的天才的讽刺，不过是私人通信而已，自己何尝愿意发表；无论怎么说，粪坑也好，毛厕也好，决定与"人气"无关。即不然，也是因为生气发热，被别人逼成的，正如别的副刊将被《晨报副刊》"逼死"一样。我的镜子真可恨，照出来的总是要使陈源教授呕吐的东西，但若以赵子昂——"是不是他？"——画马为例，自然恐怕正是我自己。自己是没有什么要紧的，不过总得替□□想一想。现在不是要谈到《西滢致志摩》么，那可是极其危险的事，一不小心就要跌入"泥潭中"，遇到"悻悻的狗"，暂时再也看不见"笑吟吟"。至少，一关涉陈源两个字，你总不免要被公理家认为"某籍"，"某系"，"某党"，"喽罗"，"重女轻男"……等；而且还得小心记住,倘有人说过他是文士,是法兰斯,你便万不可再用"文士"或"法兰斯"字样,否则,——自然,当然又有"某籍"……等等的嫌疑了,我何必如此陷害无辜,《鲁迅致□□》决计不用,所以一直写到这里,还没有题目,且待写下去看罢。

我先前不是刚说我没有"捏造事实"么?那封信里举的却有。说是我说他"同杨荫榆女士有亲戚朋友的关系,并且吃了她许多的酒饭"了,其实都不对。杨荫榆女士的善于请酒,我说过的,或者别人也说过,并且偶见于新闻上。现在的有些公论家,自以为中立,其实却偏,或者和事主倒有亲戚,朋友,同学,同乡,……等等关系,甚至于叨光了酒饭,我也说过的。这不是明明白白的么,报社收津贴,连同业中也互诋过,但大家仍都自称为公论。至于陈教授和杨女士是亲戚而且吃了酒饭,那是陈教授自己连结起来的,我没有说曾经吃酒饭,也不能保证未曾吃酒饭,没有说他们是亲戚,也不能保证他们不是亲戚,大概不过是同乡罢,但只要不是"某籍",同乡有什么要紧呢。绍兴有"刑名师爷",绍兴人便都是"刑名师爷"的例,是只适用于绍兴的人们的。

我有时泛论一般现状,而无意中触着了别人的伤疤,实在是非常抱歉的事。但这也是没法补救,除非我真去读书养气,一共廿年,被人们骗得老死牖下;或者自己甘心倒掉;或者遭了阴谋。即如上文虽然说明了他们是亲戚并不是我说的话,但因为列举的名词太多了,"同乡"两字,也足以招人"生气",只要看自己愤然于"流言"中的"某籍"两字,就可想而知。照此看来,这一回的说"叭儿狗"(《莽原半月刊》第一期),怕又有人猜想我是指着他自己,在那里"悻悻"了。其实我不过是泛论,说社会上有神似这个东西的人,因此多说些它的主人:阔人,太监,太太,小姐。本以为这足见我是泛论了,名人们现在那里还有肯跟太监的呢,但是有些人怕仍要忽略了这一层,各各认定了其中的主人之一,而以"叭儿狗"自命。时势实在艰难,我似乎只有专讲上帝,才可以免于危险,而这事又非我所长。但是,倘使所有的只是暴戾之气,还是让它尽量发出来罢,"一群悻悻的狗",在后面也好,在对面也好。我也知道将什么之气都放在心里,脸上笔下却全都"笑吟吟",是极其好看的;可是掘不得,小小的挖一个洞,便什么之气都出来了。但其实这倒是真面目。

第二种罪案是"近一些的一个例",陈教授曾"泛论图书馆的重要","说孤桐先生在他未下台以前发表的两篇文章里,这一层'他似乎没看到。'"我却轻轻地改为"听说孤桐先生倒是想到了这一节,曾经发表过文章,然而下台了,很可惜"了。而且还问道:"你看见吗,那刀笔吏的笔尖?""刀笔吏"是不会有漏洞的,我却与陈教授的原文不合,所以成了罪案,或者也就不成其为"刀笔吏"了罢。《现代评论》早已不见，全文无从查考，现在就据这一回的话，敬谨改正，为"据说孤桐先生在未下台以前发表的文章里竟也没想到；现在又下了台，目前无法补救了，很可惜"罢。这里附带地声明，我的文字中，大概是用别人的原文用引号，举大意用"据说"，述听来的类似"流言"的用"听说"，和《晨报》大将文例不相同。

第三种罪案是关于我说"北大教授兼京师图书馆副馆长月薪至少五六百元的李四光"的事，据说已告了一年的假，假期内不支薪，副馆长的月薪又不过二百五十元。别一张《晨副》上又有本人的声明，话也差不多，不过说月薪确有五百元，只是他"只拿二百五十元"，其余的"捐予图书馆购买某种书籍"了。此外还给我许多忠告，这使我非常感谢，但愿意奉还"文士"的称号，我是不属于这一类的。只是我以为告假和辞职不同，无论支薪与否，教授也仍然是教授，这是不待"刀笔吏"才能知道的。至于图书馆的月薪，我确信李教授（或副馆长）现在每月"只拿二百五十元"的现钱，是美国那面的；中国这面的一半，真说不定要拖欠到什么时候才有。但欠帐究竟也是钱，别人的兼差，大抵多是欠帐，连一半现钱也没有，可是早成了有些论客的口实了，虽然其缺点是在不肯及早捐出去。我想，如果此后每月必发，而以学校欠薪作比例，中国的一半是明年的正月间会有的，倘以教育部欠俸作比例，则须十七年正月间才有,那时购买书籍来,我一定就更正,只要我还在做"官僚",因为这容易得知,我也自信还有这样的记性,不至于今年忘了去年事。但是,倘若又被章士钊们革掉,那就莫明其妙,更正的事也只好作罢了。可是我所说的职衔和钱数,在今日却是事实。

第四种的罪案是……。陈源教授说,"好了,不举例了。"为什么呢?大约是因为"本来已经说不胜说",或者是在矫正"打笔墨官司的时候,谁写得多,骂得下流,捏造得新奇就是谁的理由大"的恶习之故罢,所以就用三个例来概其全般,正如中国戏上用四个兵卒来象征十万大军一样。此后,就可以结束,漫骂——"正人君子"一定另有名称,但我不知道,只好暂用这加于"下流"人等的行为上的话——了。原文很可以做"正人君子"的真相的标本,删之可惜,扯下来粘在后面罢——

"有人同我说,鲁迅先生缺乏的是一面大镜子,所以永远见不到他的尊容。我说他说错了。鲁迅先生的所以这样,正因为他有了一面大镜子。你听见过赵子昂——是不是他?——画马的故事罢?他要画一个姿势,就对镜伏地做出那个姿势来。鲁迅先生的文章也是对了他的大镜子写的,没有一句骂人的话不能应用在他自己的身上。要是你不信,我可以同你打一个赌。"

这一段意思很了然，犹言我写马则自己就是马，写狗自己就是狗，说别人的缺点就是自己的缺点，写法兰斯自己就是法兰斯，说"臭毛厕"自己就是臭毛厕，说别人和杨荫榆女士同乡，就是自己和她同乡。赵子昂也实在可笑，要画马，看看真马就够了，何必定作畜生的姿势；他终于还是人，并不沦入马类，总算是侥幸的。不过赵子昂也是"某籍"，所以这也许还是一种"流言"，或自造，或那时的"正人君子"所造都说不定。这只能看作一种无稽之谈。倘若陈源教授似的信以为真，自己也照样做，则写法兰斯的时候坐下做一个法姿势，讲"孤桐先生"的时候立起做一个孤姿势，倒还堂哉皇哉；可是讲"粪车"也就得伏地变成粪车，说"毛厕"即须翻身充当便所，未免连臭架子也有些失掉罢，虽然肚子里本来满是这样的货色。

　　"不是有一次一个报馆访员称我们为'文士'吗？鲁迅先生为了那名字几乎笑掉了牙。可是后来某报天天鼓吹他是'思想界的权威者'他倒又不笑了。

　　"他没有一篇文章里不放几支冷箭，但是他自己常常的说人'放冷箭'，并且说'放冷箭'是卑劣的行为。

　　"他常常'散布流言'和'捏造事实'，如上面举出来的几个例,但是他自己又常常的骂人'散布流言''捏造事实',并且承认那样是'下流'。

"他常常的无故骂人,要是那人生气,他就说人家没有'幽默'。可是要是有人侵犯了他一言半语,他就跳到半天空,骂得你体无完肤——还不肯罢休。"

这是根据了三条例和一个赵子昂故事的结论。其实是称别个为"文士"我也笑,称我为"思想界的权威者"我也笑,但牙却并非"笑掉",据说是"打掉"的,这较可以使他们快意些。至于"思想界的权威者"等等,我连夜梦里也没有想做过,无奈我和"鼓吹"的人不相识,无从劝止他,不像唱双簧的朋友,可以彼此心照;况且自然会有"文士"来骂倒,更无须自己费力。我也不想借这些头衔去发财发福,有了它于实利上是并无什么好处的。我也曾反对过将自己的小说采入教科书,怕的是教错了青年,记得曾在报上发表;不过这本不是对上流人说的,他们当然不知道。冷箭呢,先是不肯的,后来也放过几枝,但总是对于先"放冷箭"用"流言"的如陈源教授之辈,"请君入瓮",也给他尝尝这滋味。不过虽然对于他们,也还是明说的时候多,例如《语丝》上的《音乐》就说明是指徐志摩先生,《我的籍和系》和《并非闲话》也分明对西滢即陈源教授而发;此后也还要射,并无悔祸之心。至于署名,则去年以来只用一个,就是陈教授之所谓"鲁迅,即教育部佥事周树人"就是。但在下半年,应将"教育部佥事"五字删去,因为被"孤桐先生"所革;今年却又变了"暂署佥事"了,还未去做,然而豫备去做的,目的是在弄几文俸钱,因为我祖宗没有遗产,老婆没有奁田,文章又不值钱,只好以此暂且糊口。还有一个小目的,是在对于以我去年的免官为"痛快"者,给他一个不舒服,使他恨得扒耳搔腮,忍不住露出本相。至于"流言",则先已说过,正是陈源教授首先发明的专卖品,独有他听到过许多;在我呢,心术是看不见的东西,且勿说,我的躲在家里的生活即不利于作"捏……言"的枢纽。剩下的只有"幽默"问题了,我又没有说过这些话,也没有主张过"幽默",也许将这两字连写,今天还算第一回。我对人是"骂人",人对我是"侵犯了一言半语",这真使我记起我的同乡"刑名师爷"来,而且还是弄着不正经的"出重出轻"的玩意儿的时候。这样看来,一面镜子确是该有的,无论生在那一县。还有罪状哩——

"他常常挖苦别人家抄袭。有一个学生钞了沫若的几句诗,他老先生骂得刻骨镂心的痛快,可是他自己的《中国小说史略》,却就是根据日本人盐谷温的《支那文学概论讲话》里面的'小说'一部分。其实拿人家的著述做你自己的蓝本，本可以原谅，只要你在书中有那样的声明，可是鲁迅先生就没有那样的声明。在我们看来，你自己做了不正当的事也就罢了，何苦再去挖苦一个可怜的学生，可是他还尽量的把人家刻薄。'窃钩者诛，窃国者侯'，本是自古已有的道理。"

这"流言"早听到过了；后来见于《闲话》，说是"整大本的摽窃"，但不直指我，而同时有些人的口头上，却相传是指我的《中国小说史略》。我相信陈源教授是一定会干这样勾当的。但他既不指名，我也就只回敬他一通骂街，这可实在不止"侵犯了他一言半语"。这回说出来了；我的"以小人之心"也没有猜错了"君子之腹"。但那罪名却改为"做你自己的蓝本"了，比先前轻得多，仿佛比自谦为"一言半语"的"冷箭"钝了一点似的。盐谷氏的书，确是我的参考书之一，我的《小说史略》二十八篇的第二篇，是根据它的，还有论《红楼梦》的几点和一张《贾氏系图》，也是根据它的，但不过是大意，次序和意见就很不同。其他二十六篇，我都有我独立的准备，证据是和他的所说还时常相反。例如现有的汉人小说，他以为真，我以为假；唐人小说的分类他据森槐南，我却用我法。六朝小说他据《汉魏丛书》，我据别本及自己的辑本，这工夫曾经费去两年多，稿本有十册在这里；唐人小说他据谬误最多的《唐人说荟》，我是用《太平广记》的，此外还一本一本搜起来……。其余分量，取舍，考证的不同，尤难枚举。自然，大致是不能不同的，例如他说汉后有唐，唐后有宋，我也这样说，因为都以中国史实为"蓝本"。我无法"捏造得新奇"，虽然塞文狄斯的事实和"四书"合成的时代也不妨创造。但我的意见，却以为似乎不可，因为历史和诗歌小说是两样的。诗歌小说虽有人说同是天才即不妨所见略同，所作相像，但我以为究竟也以独创为贵；历史则是纪事，固然不当偷成书，但也不必全两样。说诗歌小说相类不妨，历史有几点近似便是"摽窃"，那是"正人君子"的特别意见，只在以"一言半语""侵犯""鲁迅先生"时才适用的。好在盐谷氏的书听说（！）已有人译成（？）中文，两书的异点如何，怎样"整大本的摽窃"，还是做"蓝本"，不久（？）就可以明白了。在这以前，我以为恐怕连陈源教授自己也不知道这些底细，因为不过是听来的"耳食之言"。不知道对不对？（盐谷教授的《支那文学概论讲话》的译本，今年夏天看见了，将五百余页的原书，译成了薄薄的一本，那小说一部分，和我的也无从对比了。广告上却道"选译"。措辞实在聪明得很。十月十四日补记。）

　　但我还要对于"一个学生钞了沫若的几句诗"这事说几句话；"骂得刻骨镂心的痛快"的，似乎并不是我。因为我于诗向不留心，所以也没有看过"沫若的诗"，因此即更不知道别人的是否钞袭。陈源教授的那些话,说得坏一点,就是"捏造事实",故意挑拨别人对我的恶感,真可以说发挥着他的真本领。说得客气一点呢,他自说写这信时是在"发热",那一定是热度太高,发了昏,忘记装腔了,不幸显出本相;并且因为自己爬着,所以觉得我"跳到半天空",自己抓破了皮肤或者一向就破着,却以为被我"骂"破了。——但是,我在有意或无意中碰破了一角纸糊绅士服,那也许倒是有的;此后也保不定。彼此迎面而来,总不免要挤擦,碰磕,也并非"还不肯罢休"。

绅士的跳踉丑态,实在特别好看,因为历来隐藏蕴蓄着,所以一来就比下等人更浓厚。因这一回的放泄,我才悟到陈源教授大概是以为揭发叔华女士的剽窃小说图画的文章,也是我做的,所以早就将"大盗"两字挂在"冷箭"上,射向"思想界的权威者"。殊不知这也不是我做的,我并不看这些小说。"琵亚词侣"的画,我是爱看的,但是没有书,直到那"剽窃"问题发生后,才刺激我去买了一本 *Art of A. Beardsley* 来,化钱一元七。可怜教授的心目中所看见的并不是我的影,叫跳竟都白费了。遇见的"粪车",也是境由心造的,正是自己脑子里的货色,要吐的唾沫,还是静静的咽下去罢。

太费纸张了,虽然我不至于娇贵到会发热,但也得赶紧的收梢。然而还得粘上一段大罪状——

"据他自己的自传,他从民国元年便做了教育部的官,从没脱离过。所以袁世凯称帝,他在教育部,曹锟贿选,他在教育部,'代表无耻的彭允彝'做总长,他也在教育部,甚而至于'代表无耻的章士钊'免了他的职后,他还大嚷'佥事这一个官儿倒也并不算怎样的"区区"',怎样有人在那里钻谋补他的缺,怎样以为无足轻重的人是'慷他人之慨',如是如是,这样这样……这像'青年叛徒的领袖'吗?

"其实一个人做官也不大要紧,做了官再装出这样的面孔来可叫人有些恶心吧了。

"现在又有人送他'土匪'的名号了。好一个'土匪'。"

苦心孤诣给我加了上去的"土匪"的恶名,这一回忽又否认了,可见唾沫还是静静的咽下去好,免得后来自己舐回去。但是,"文士"别有慧心,那里会给我便宜呢,自然即代以自"袁世凯称帝"以来的罪恶,仿佛"称帝""贿选"那类事,我既在教育部,即等于全由我一手包办似的。这是真的,从那时以来,我确没有带兵独立过,但我也没有冷笑云南起义,也没有希望国民军失败;对于教育部,其实是脱离过两回,一是张勋复辟时,一就是章士钊长部时,前一回以教授的一点才力自然不知道,后一回却忘却得有些离奇。我向来就"装出这样的面孔",不但毫不顾忌陈源教授可"有些恶心",对于"孤桐先生"也一样。要在我的面孔上寻出些有趣来,本来是没头脑的妄想,还是去看别的面孔罢。

这类误解似乎不止陈源教授,有些人也往往如此,以为教员清高,官僚是卑下的。真所谓"得意忘形","官僚官僚"的骂着。可悲的就在此,现在的骂官僚的人里面,到外国去炸大过一回而且做教员的就很多:所谓"钻谋补他的缺"的也就是这一流,那时我说"佥事这一个官儿倒也并不算怎样的'区区'",就为此人的乘机想做官而发,刺他一针,聊且快意,不提防竟又被陈教授"刻骨镂心"的记住了,也许又疑心我向他在"放冷箭"了罢。

我并非因为自己是官僚,定要上侪于清高的教授之列,官僚的高下也因人而异,如所谓"孤桐先生",做官时办《甲寅》,佩服的人就很多,下台之后,听说更有生气了。而我"下台"时所做的文章,岂不是不但并不更有生气,还招了陈源教授的一顿"教训",而且罪孽深重,延祸"面孔"了么?这是以文才和面孔言;至于从别一方面看,则官僚与教授就有"一丘之貉"之叹,这就是说:钱的来源。国家行政机关的事务官所得的所谓俸钱,国立学校的教授所得的所谓薪水,还不是同一来源，出于国库的么？在曹锟政府下做国立学校的教员，和做官的没有大区别。难道教员的是捐给了学校，所以特别清高了？袁世凯称帝时代，陈源教授或者还在外国的研究室里，是到了曹锟贿选前后才做教授的，比我到北京迟得多，福气也比我好得多。曹锟贿选，他做教授，"代表无耻的彭允彝做总长"，他做教授，"甚而至于'代表无耻的章士钊'做总长"，他自然做教授，我可是被革掉了，甚而至于待到那"甚而至于'代表无耻的章士钊'"不做总长了，他自然还做教授，归国以来，一帆风顺，一个小钉子也没有碰。这当然是因为有适宜的面孔，不"叫人有些恶心"之故喽。看他脸上既无我一样的可厌的"八字胡子"，也可以说没有"官僚的神情"，所以对于他的面孔，却连我也并没有什么大"恶心"，而且仿佛还觉得有趣。这一类的面孔，只要再白胖一点，也许在中国就不可多得了。

不免招我说几句费话的不过是他对镜装成的姿势和"爆发"出来的蕴蓄，但又即刻掩了起来，关上大门，据说"大约不再打这样的笔墨官司"了。前面的香车既经杳然，我且不做叫门的事，因为这些时候所遇到的大概不过几个家丁；而且已是往"国立北京女子师范大学复校纪念会"的时候了，就这样的算收束。

二月一日

我还不能"带住"

一月三十日《晨报副刊》上满载着一些东西,现在有人称它为"攻周专号",真是些有趣的玩意儿,倒可以看见绅士的本色。不知怎的,今天的《晨副》忽然将这事结束,照例用通信,李四光教授开场白,徐志摩"诗哲"接后段,一唱一和,说道"带住!让我们对着混斗的双方猛喝一声,带住!"了。还"声明一句,本刊此后不登载对人攻击的文字"云。

他们的什么"闲话……闲话"问题,本与我没有什么鸟相干,"带住"也好,放开也好,拉拢也好,自然大可以随便玩把戏。但是,前几天不是因为"令兄"关系,连我的"面孔"都攻击过了么?我本没有去"混斗",倒是株连了我。现在我还没有怎样开口呢,怎么忽然又要"带住"了?从绅士们看来,这自然不过是"侵犯"了我"一言半语",正无须"跳到半天空",然而我其实也并没有"跳到半天空",只是还不能这样地谨听指挥,你要"带住"了,我也就"带住"。

对不起,那些文字我无心细看,"诗哲"所说的要点,似乎是这样闹下去,要失了大学教授的体统,丢了"负有指导青年重责的前辈"的丑,使学生不相信,青年不耐烦了。可怜可怜,有臭赶紧遮起来。"负有指导青年重责的前辈",有这么多的丑可丢,有那么多的丑怕丢么?用绅士服将"丑"层层包裹,装着好面孔,就是教授,就是青年的导师么?中国的青年不要高帽皮袍,装腔作势的导师;要并无伪饰,——倘没有,也得少有伪饰的导师。倘有戴着假面,以导师自居的,就得叫他除下来,否则,便将它撕下来,互相撕下来。撕得鲜血淋漓,臭架子打得粉碎,然后可以谈后话。这时候,即使只值半文钱,却是真价值;即使丑得要使人"恶心",却是真面目。略一揭开,便又赶忙装进缎子盒里去,虽然可以使人疑是钻石,也可以猜作粪土,纵使外面满贴着好招牌,法兰斯呀,萧伯讷呀,……毫不中用的!

李四光教授先劝我"十年读书十年养气"。还一句绅士话罢:盛意可感。书是读过的,不止十年,气也养过的,不到十年,可是读也读不好,养也养不好。我是李教授所早认为应当"投畀豺虎"者之一,此时本已不必温言劝谕,说什么"弄到人家无故受累",难道真以为自己是"公理"的化身,判我以这样巨罚之后,还要我叩谢天恩么?还有,李教授以为我"东方文学家的风味,似乎格外的充足,……所以总要写到露骨到底,才尽他的兴会。"我自己的意见却绝不同。我正因为生在东方,而且生在中国,所以"中庸""稳妥"的余毒,还沦肌浃髓,比起法国的勃罗亚——他简直称大报的记者为"蛆虫"——来,真是"小巫见大巫",使我自惭究竟不及白人之毒辣勇猛。即以李教授的事为例罢:一,因为我知道李教授是科学家,不很"打笔墨官司"的,所以只要可以不提,便不提;只因为要回敬贵会友一杯酒,这才说出"兼差"的事来。二,关于兼差和薪水一节,已在《语丝》(六五)上答复了,但也还没有"写到露骨到底"。

我自己也知道,在中国,我的笔要算较为尖刻的,说话有时也不留情面。但我又知道人们怎样地用了公理正义的美名,正人君子的徽号,温良敦厚的假脸,流言公论的武器,吞吐曲折的文字,行私利己,使无刀无笔的弱者不得喘息。倘使我没有这笔,也就是被欺侮到赴诉无门的一个;我觉悟了,所以要常用,尤其是用于使麒麟皮下露出马脚。万一那些虚伪者居然觉得一点痛苦,有些省悟,知道技俩也有穷时,少装些假面目,则用了陈源教授的话来说,就是一个"教训"。只要谁露出真价值来,即使只值半文,我决不敢轻薄半句。但是,想用了串戏的方法来哄骗,那是不行的;我知道的,不和你们来敷衍。

"诗哲"为援助陈源教授起见,似乎引过罗曼罗兰的话,大意是各人的身上都有鬼,但人却只知道打别人身上的鬼。没有细看,说不清了,要是差不多,那就是一并承认了陈源教授的身上也有鬼,李四光教授自然也难逃。他们先前是自以为没有鬼的。假使真知道了自己身上也有鬼,"带住"的事可就容易办了。只要不再串戏,不再摆臭架子,忘却了你们的教授的头衔,且不做指导青年的前辈,将你们的"公理"的旗插到"粪车"上去,将你们的绅士衣装抛到"臭毛厕"里去,除下假面具,赤条条地站出来说几句真话就够了!

二月三日

送灶日漫笔

坐听着远远近近的爆竹声,知道灶君先生们都在陆续上天,向玉皇大帝讲他的东家的坏话去了,但是他大概终于没有讲,否则,中国人一定比现在要更倒楣。

灶君升天的那日,街上还卖着一种糖,有柑子那么大小,在我们那里也有这东西,然而扁的,像一个厚厚的小烙饼。那就是所谓"胶牙饧"了。本意是在请灶君吃了,粘住他的牙,使他不能调嘴学舌,对玉帝说坏话。我们中国人意中的神鬼,似乎比活人要老实些,所以对鬼神要用这样的强硬手段,而于活人却只好请吃饭。

今之君子往往讳言吃饭,尤其是请吃饭。那自然是无足怪的,的确不大好听。只是北京的饭店那么多,饭局那么多,莫非都在食蛤蜊,谈风月,"酒酣耳热而歌呜呜"么?不尽然的,的确也有许多"公论"从这些地方播种,只因为公论和请帖之间看不出蛛丝马迹,所以议论便堂哉皇哉了。但我的意见,却以为还是酒后的公论有情。人非木石,岂能一味谈理,碍于情面而偏过去了,在这里正有着人气息。况且中国是一向重情面的。何谓情面?明朝就有人解释过,曰:"情面者,面情之谓也。"自然不知道他说什么,但也就可以懂得他说什么。在现今的世上,要有不偏不倚的公论,本来是一种梦想;即使是饭后的公评,酒后的宏议,也何尝不可姑妄听之呢。然而,倘以为那是真正老牌的公论,却一定上当,——但这也不能独归罪于公论家,社会上风行请吃饭而讳言请吃饭,使人们不得不虚假,那自然也应该分任其咎的。

记得好几年前,是"兵谏"之后,有枪阶级专喜欢在天津会议的时候,有一个青年愤愤地告诉我道:他们那里是会议呢,在酒席上,在赌桌上,带着说几句就决定了。他就是受了"公论不发源于酒饭说"之骗的一个,所以永远是愤然,殊不知他那理想中的情形,怕要到二九二五年才会出现呢,或者竟许到三九二五年。

然而不以酒饭为重的老实人,却是的确也有的,要不然,中国自然还要坏。有些会议,从午后二时起,讨论问题,研究章程,此问彼难,风起云涌,一直到七八点,大家就无端觉得有些焦躁不安,脾气愈大了,议论愈纠纷了,章程愈渺茫了,虽说我们到讨论完毕后才散罢,但终于一哄而散,无结果。这就是轻视了吃饭的报应,六七点钟时分的焦躁不安,就是肚子对于本身和别人的警告,而大家误信了吃饭与讲公理无关的妖言,毫不瞅睬,所以肚子就使你演说也没精采,宣言也——连草稿都没有。

但我并不说凡有一点事情,总得到什么太平湖饭店,撷英番菜馆之类里去开大宴;我于那些店里都没有股本,犯不上替他们来拉主顾,人们也不见得都有这么多的钱。我不过说,发议论和请吃饭,现在还是有关系的;请吃饭之于发议论,现在也还是有益处的;虽然,这也是人情之常,无足深怪的。

顺便还要给热心而老实的青年们进一个忠告,就是没酒没饭的开会,时候不要开得太长,倘若时候已晚了,那么,买几个烧饼来吃了再说。这么一办,总可以比空着肚子的讨论容易有结果,容易得收场。

胶牙饧的强硬办法,用在灶君身上我不管它怎样,用之于活人是不大好的。倘是活人,莫妙于给他醉饱一次,使他自己不开口,却不是胶住他。中国人对人的手段颇高明,对鬼神却总有些特别,二十三夜的捉弄灶君即其一例,但说起来也奇怪,灶君竟至于到了现在,还仿佛没有省悟似的。

道士们的对付"三尸神",可是更利害了。我也没有做过道士,详细是不知道的,但据"耳食之言",则道士们以为人身中有三尸神,到有一日,便乘人熟睡时,偷偷地上天去奏本身的过恶。这实在是人体本身中的奸细，《封神传演义》常说的"三尸神暴躁，七窍生烟"的三尸神，也就是这东西。

但据说要抵制他却不难，因为他上天的日子是有一定的，只要这一日不睡觉，他便无隙可乘，只好将过恶都放在肚子里，再看明年的机会了。连胶牙饧都没得吃，他实在比灶君还不幸，值得同情。

三尸神不上天，罪状都放在肚子里；灶君虽上天，满嘴是糖，在玉皇大帝面前含含胡胡地说了一通，又下来了。对于下界的情形，玉皇大帝一点也听不懂，一点也不知道，于是我们今年当然还是一切照旧，天下太平。

我们中国人对于鬼神也有这样的手段。

我们中国人虽然敬信鬼神；却以为鬼神总比人们傻，所以就用了特别的方法来处治他。至于对人，那自然是不同的了，但还是用了特别的方法来处治，只是不肯说；你一说，据说你就是卑视了他了。诚然，自以为看穿了的话，有时也的确反不免于浅薄。

一九二六年二月五日

谈皇帝

中国人的对付鬼神,凶恶的是奉承,如瘟神和火神之类,老实一点的就要欺侮,例如对于土地或灶君。待遇皇帝也有类似的意思。君民本是同一民族,乱世时"成则为王败则为贼",平常是一个照例做皇帝,许多个照例做平民;两者之间,思想本没有什么大差别。所以皇帝和大臣有"愚民政策",百姓们也自有其"愚君政策"。

往昔的我家,曾有一个老仆妇,告诉过我她所知道,而且相信的对付皇帝的方法。她说——

"皇帝是很可怕的。他坐在龙位上,一不高兴,就要杀人;不容易对付的。所以吃的东西也不能随便给他吃,倘是不容易办到的,他吃了又要,一时办不到;——譬如他冬天想到瓜,秋天要吃桃子,办不到,他就生气,杀人了。现在是一年到头给他吃波菜,一要就有,毫不为难。但是倘说是波菜,他又要生气的,因为这是便宜货,所以大家对他就不称为波菜,另外起一个名字,叫作'红嘴绿鹦哥'。"

在我的故乡,是通年有波菜的,根很红,正如鹦哥的嘴一样。

这样的连愚妇人看来,也是呆不可言的皇帝,似乎大可以不要了。然而并不,她以为要有的,而且应该听凭他作威作福。至于用处,仿佛在靠他来镇压比自己更强梁的别人,所以随便杀人,正是非备不可的要件。然而倘使自己遇到,且须侍奉呢?可又觉得有些危险了,因此只好又将他练成傻子,终年耐心地专吃着"红嘴绿鹦哥"。

其实利用了他的名位,"挟天子以令诸侯"的,和我那老仆妇的意思和方法都相同,不过一则又要他弱,一则又要他愚。儒家的靠了"圣君"来行道也就是这玩意,因为要"靠",所以要他威重,位高;因为要便于操纵,所以又要他颇老实,听话。

皇帝一自觉自己的无上威权,这就难办了。既然"普天之下,莫非皇土",他就胡闹起来,还说是"自我得之,自我失之,我又何恨"哩!于是圣人之徒也只好请他吃"红嘴绿鹦哥"了，这就是所谓"天"。据说天子的行事，是都应该体帖天意，不能胡闹的；而这"天意"也者，又偏只有儒者们知道着。

这样，就决定了：要做皇帝就非请教他们不可。

然而不安分的皇帝又胡闹起来了。你对他说"天"么，他却道，"我生不有命在天?!"岂但不仰体上天之意而已，还逆天，背天，"射天"，简直将国家闹完，使靠天吃饭的圣贤君子们，哭不得，也笑不得。

于是乎他们只好去著书立说，将他骂一通，豫计百年之后，即身殁之后，大行于时，自以为这就了不得。

但那些书上，至多就止记着"愚民政策"和"愚君政策"全都不成功。

一九二六年二月十七日

记念刘和珍君

一

中华民国十五年三月二十五日,就是国立北京女子师范大学为十八日在段祺瑞执政府前遇害的刘和珍杨德群两君开追悼会的那一天,我独在礼堂外徘徊,遇见程君,前来问我道,"先生可曾为刘和珍写了一点什么没有?"我说"没有"。她就正告我,"先生还是写一点罢;刘和珍生前就很爱看先生的文章。"

这是我知道的,凡我所编辑的期刊,大概是因为往往有始无终之故罢,销行一向就甚为寥落,然而在这样的生活艰难中,毅然预定了《莽原》全年的就有她。我也早觉得有写一点东西的必要了,这虽然于死者毫不相干,但在生者,却大抵只能如此而已。倘使我能够相信真有所谓"在天之灵",那自然可以得到更大的安慰,——但是,现在,却只能如此而已。

可是我实在无话可说。我只觉得所住的并非人间。四十多个青年的血,洋溢在我的周围,使我艰于呼吸视听,那里还能有什么言语?长歌当哭,是必须在痛定之后的。而此后几个所谓学者文人的阴险的论调,尤使我觉得悲哀。我已经出离愤怒了。我将深味这非人间的浓黑的悲凉;以我的最大哀痛显示于非人间,使它们快意于我的苦痛,就将这作为后死者的菲薄的祭品,奉献于逝者的灵前。

二

真的猛士,敢于直面惨淡的人生,敢于正视淋漓的鲜血。这是怎样的哀痛者和幸福者?然而造化又常常为庸人设计,以时间的流驶,来洗涤旧迹,仅使留下淡红的血色和微漠的悲哀。在这淡红的血色和微漠的悲哀中,又给人暂得偷生,维持着这似人非人的世界。我不知道这样的世界何时是一个尽头!

我们还在这样的世上活着;我也早觉得有写一点东西的必要了。离三月十八日也已有两星期,忘却的救主快要降临了罢,我正有写一点东西的必要了。

三

在四十余被害的青年之中,刘和珍君是我的学生。学生云者,我向来这样想,这样说,现在却觉得有些踌躇了,我应该对她奉献我的悲哀与尊敬。她不是"苟活到现在的我"的学生,是为了中国而死的中国的青年。

她的姓名第一次为我所见,是在去年夏初杨荫榆女士做女子师范大学校长,开除校中六个学生自治会职员的时候。其中的一个就是她;但是我不认识。直到后来,也许已经是刘百昭率领男女武将,强拖出校之后了,才有人指着一个学生告诉我,说:这就是刘和珍。其时我才能将姓名和实体联合起来,心中却暗自诧异。我平素想,能够不为势利所屈,反抗一广有羽翼的校长的学生,无论如何,总该是有些桀骜锋利的,但她却常常微笑着,态度很温和。待到偏安于宗帽胡同,赁屋授课之后,她才始来听我的讲义,于是见面的回数就较多了,也还是始终微笑着,态度很温和。待到学校恢复旧观,往日的教职员以为责任已尽,准备陆续引退的时候,我才见她虑及母校前途,黯然至于泣下。此后似乎就不相见。总之,在我的记忆上,那一次就是永别了。

四

　　我在十八日早晨，才知道上午有群众向执政府请愿的事；下午便得到噩耗，说卫队居然开枪，死伤至数百人，而刘和珍君即在遇害者之列。但我对于这些传说，竟至于颇为怀疑。我向来是不惮以最坏的恶意，来推测中国人的，然而我还不料，也不信竟会下劣凶残到这地步。况且始终微笑着的和蔼的刘和珍君，更何至于无端在府门前喋血呢？

　　然而即日证明是事实了，作证的便是她自己的尸骸。还有一具，是杨德群君的。而且又证明着这不但是杀害，简直是虐杀，因为身体上还有棍棒的伤痕。

　　但段政府就有令，说她们是"暴徒"！

　　但接着就有流言，说她们是受人利用的。

　　惨象，已使我目不忍视了；流言，尤使我耳不忍闻。我还有什么话可说呢？我懂得衰亡民族之所以默无声息的缘由了。沉默呵，沉默呵！不在沉默中爆发，就在沉默中灭亡。

五

但是,我还有要说的话。

我没有亲见;听说,她,刘和珍君,那时是欣然前往的。自然,请愿而已,稍有人心者,谁也不会料到有这样的罗网。但竟在执政府前中弹了,从背部入,斜穿心肺,已是致命的创伤,只是没有便死。同去的张静淑君想扶起她,中了四弹,其一是手枪,立仆;同去的杨德群君又想去扶起她,也被击,弹从左肩入,穿胸偏右出,也立仆。但她还能坐起来,一个兵在她头部及胸部猛击两棍,于是死掉了。

始终微笑的和蔼的刘和珍君确是死掉了,这是真的,有她自己的尸骸为证;沉勇而友爱的杨德群君也死掉了,有她自己的尸骸为证;只有一样沉勇而友爱的张静淑君还在医院里呻吟。当三个女子从容地转辗于文明人所发明的枪弹的攒射中的时候,这是怎样的一个惊心动魄的伟大呵!中国军人的屠戮妇婴的伟绩,八国联军的惩创学生的武功,不幸全被这几缕血痕抹杀了。

但是中外的杀人者却居然昂起头来,不知道个个脸上有着血污⋯⋯。

六

　　时间永是流驶,街市依旧太平,有限的几个生命,在中国是不算什么的,至多,不过供无恶意的闲人以饭后的谈资,或者给有恶意的闲人作"流言"的种子。至于此外的深的意义,我总觉得很寥寥,因为这实在不过是徒手的请愿。人类的血战前行的历史,正如煤的形成,当时用大量的木材,结果却只是一小块,但请愿是不在其中的,更何况是徒手。

　　然而既然有了血痕了,当然不觉要扩大。至少,也当浸渍了亲族;师友,爱人的心,纵使时光流驶,洗成绯红,也会在微漠的悲哀中永存微笑的和蔼的旧影。陶潜说过,"亲戚或余悲,他人亦已歌,死去何所道,托体同山阿。"倘能如此,这也就够了。

七

　　我已经说过:我向来是不惮以最坏的恶意来推测中国人的。但这回却很有几点出于我的意外。一是当局者竟会这样地凶残，一是流言家竟至如此之下劣，一是中国的女性临难竟能如是之从容。

我目睹中国女子的办事，是始于去年的，虽然是少数，但看那干练坚决，百折不回的气概，曾经屡次为之感叹。至于这一回在弹雨中互相救助，虽殒身不恤的事实，则更足为中国女子的勇毅，虽遭阴谋秘计，压抑至数千年，而终于没有消亡的明证了。倘要寻求这一次死伤者对于将来的意义，意义就在此罢。

苟活者在淡红的血色中，会依稀看见微茫的希望；真的猛士，将更奋然而前行。

呜呼，我说不出话，但以此记念刘和珍君！

四月一日

空　谈

一

请愿的事,我一向就不以为然的,但并非因为怕有三月十八日那样的惨杀。那样的惨杀,我实在没有梦想到,虽然我向来常以"刀笔吏"的意思来窥测我们中国人。我只知道他们麻木,没有良心,不足与言,而况是请愿,而况又是徒手,却没有料到有这么阴毒与凶残。能逆料的,大概只有段祺瑞,贾德耀,章士钊和他们的同类罢。四十七个男女青年的生命,完全是被骗去的,简直是诱杀。

有些东西——我称之为什么呢,我想不出——说:群众领袖应负道义上的责任。这些东西仿佛就承认了对徒手群众应该开枪,执政府前原是"死地",死者就如自投罗网一般。群众领袖本没有和段祺瑞等辈心心相印,也未曾互相钩通,怎么能够料到这阴险的辣手。这样的辣手,只要略有人气者,是万万豫想不到的。

我以为倘要锻炼群众领袖的错处,只有两点:一是还以请愿为有用;二是将对手看得太好了。

二

但以上也仍然是事后的话。我想,当这事实没有发生以前,恐怕谁也不会料到要演这般的惨剧,至多,也不过获得照例的徒劳罢了。只有有学问的聪明人能够先料到,承认凡请愿就是送死。

陈源教授的《闲话》说:"我们要是劝告女志士们,以后少加入群众运动,她们一定要说我们轻视她们,所以我们也不敢来多嘴。可是对于未成年的男女孩童,我们不能不希望他们以后不再参加任何运动。"(《现代评论》六十八)为什么呢?因为参加各种运动,是甚至于像这次一样,要"冒枪林弹雨的险,受践踏死伤之苦"的。

这次用了四十七条性命,只购得一种见识:本国的执政府前是"枪林弹雨"的地方,要去送死,应该待到成年,出于自愿的才是。

我以为"女志士"和"未成年的男女孩童",参加学校运动会,大概倒还不至于有很大的危险的。至于"枪林弹雨"中的请愿,则虽是成年的男志士们,也应该切切记住,从此罢休!

看现在竟如何。不过多了几篇诗文,多了若干谈助。几个名人和什么当局者在接洽葬地,由大请愿改为小请愿了。埋葬自然是最妥当的收场。然而很奇怪,仿佛这四十七个死者,是因为怕老来死后无处埋葬,特来挣一点官地似的。万生园多么近,而四烈士坟前还有三块墓碑不镌一字,更何况僻远如圆明园。

死者倘不埋在活人的心中,那就真真死掉了。

三

改革自然常不免于流血,但流血非即等于改革。血的应用,正如金钱一般,吝啬固然是不行的,浪费也大大的失算。我对于这回的牺牲者,非常觉得哀伤。

但愿这样的请愿,从此停止就好。

请愿虽然是无论那一国度里常有的事,不至于死的事,但我们已经知道中国是例外,除非你能将"枪林弹雨"消除。正规的战法,也必须对手是英雄才适用。汉末总算还是人心很古的时候罢,恕我引一个小说上的典故:许褚赤体上阵,也就很中了好几箭。而金圣叹还笑他道:"谁叫你赤膊?"

至于现在似的发明了许多火器的时代,交兵就都用壕堑战。这并非吝惜生命,乃是不肯虚掷生命,因为战士的生命是宝贵的。在战士不多的地方,这生命就愈宝贵。所谓宝贵者,并非"珍藏于家",乃是要以小本钱换得极大的利息,至少,也必须卖买相当。以血的洪流淹死一个敌人,以同胞的尸体填满一个缺陷,已经是陈腐的话了。从最新的战术的眼光看起来,这是多么大的损失。

这回死者的遗给后来的功德,是在撕去了许多东西的人相,露出那出于意料之外的阴毒的心,教给继续战斗者以别种方法的战斗。

一九二六年四月二日

马上日记

在日记还未写上一字之前,先做序文,谓之豫序。

我本来每天写日记,是写给自己看的;大约天地间写着这样日记的人们很不少。假使写的人成了名人,死了之后便也会印出;看的人也格外有趣味,因为他写的时候不像做《内感篇》外冒篇似的须摆空架子,所以反而可以看出真的面目来。我想,这是日记的正宗嫡派。

我的日记却不是那样。写的是信札往来,银钱收付,无所谓面目,更无所谓真假。例如:二月二日晴,得 A 信;B 来。三月三日雨,收 C 校薪水 X 元,复 D 信。一行满了,然而还有事,因为纸张也颇可惜,便将后来的事写入前一天的空白中。总而言之:是不很可靠的。但我以为 B 来是在二月一,或者二月二,其实不甚有关系,即便不写也无妨;而实际上,不写的时候也常有。我的目的,只在记上谁有来信,以便答复,或者何时答复过,尤其是学校的薪水,收到何年何月的几成几了,零零星星,总是记不清楚,必须有一笔帐,以便检查,庶几乎两不含胡,我也知道自己有多少债放在外面,万一将来收清之后,要成为怎样的一个小富翁。此外呢,什么野心也没有了。

吾乡的李慈铭先生,是就以日记为著述的,上自朝章,中至学问,下迄相骂,都记录在那里面。果然,现在已有人将那手迹用石印印出了,每部五十元,在这样的年头,不必说学生,就是先生也无从买起。那日记上就记着,当他每装成一函的时候,早就有人借来借去的传钞了,正不必老远的等待"身后"。这虽然不像日记的正脉,但若有志在立言,意存褒贬,欲人知而又畏人知的,却不妨模仿着试试。什么做了一点白话,便说是要在一百年后发表的书里面的一篇,真是其蠢臭为不可及也。

我这回的日记,却不是那样的"有厚望焉"的,也不是原先的很简单的,现在还没有,想要写起来。四五天以前看见半农,说是要编《世界日报》的副刊去,你得寄一点稿。那自然是可以的喽。然而稿子呢?这可着实为难。看副刊的大抵是学生,都是过来人,做过什么"学而时习之不亦说乎论"或"人心不古议"的,一定知道做文章是怎样的味道。有人说我是"文学家",其实并不是的,不要相信他们的话,那证据,就是我也最怕做文章。

然而既然答应了,总得想点法。想来想去,觉得感想倒偶尔也有一点的,平时接着一懒,便搁下,忘掉了。如果马上写出,恐怕倒也是杂感一类的东西。于是乎我就决计:一想到,就马上写下来,马上寄出去,算作我的画到簿。因为这是开首就准备给第三者看的,所以恐怕也未必很有真面目,至少,不利于己的事,现在总还要藏起来。愿读者先明白这一点。

如果写不出,或者不能写了,马上就收场。所以这日记要有多么长,现在一点不知道。

一九二六年六月二十五日,记于东壁下。

六月二十五日

晴。

生病。——今天还写这个,仿佛有点多事似的。因为这是十天以前的事,现在倒已经可以算得好起来了。不过余波还没有完,所以也只好将这作为开宗明义章第一。谨案才子立言,总须大嚷三大苦难:一曰穷,二曰病,三曰社会迫害我。那结果,便是失掉了爱人;若用专门名词,则谓之失恋。我的开宗明义虽然近似第二大苦难,实际上却不然,倒是因为端午节前收了几文稿费,吃东西吃坏了,从此就不消化,胃痛。我的胃的八字不见佳,向来就担不起福泽的。也很想看医生。中医,虽然有人说是玄妙无穷,内科尤为独步,我可总是不相信。西医呢,有名的看资贵,事情忙,诊视也潦草,无名的自然便宜些,然而我总还有些踌躇。事情既然到了这样,当然只好听凭敝胃隐隐地痛着了。

自从西医割掉了梁启超的一个腰子以后,责难之声就风起云涌了,连对于腰子不很有研究的文学家也都"仗义执言"。同时,"中医了不得论"也就应运而起;腰子有病,何不服黄蓍欤?什么有病,何不吃鹿茸欤?但西医的病院里确也常有死尸抬出。我曾经忠告过 G 先生:你要开医院,万不可收留些看来无法挽回的病人;治好了走出,没有人知道,死掉了抬出,就哄动一时了,尤其是死掉的如果是"名流"。我的本意是在设法推行新医学,但 G 先生却似乎以为我良心坏。这也未始不可以那么想,——由他去罢。

但据我看来,实行我所说的方法的医院可很有,只是他们的本意却并不在要使新医学通行。新的本国的西医又大抵模模胡胡,一出手便先学了中医一样的江湖诀,和水的龙胆丁几两日份八角;漱口的淡硼酸水每瓶一元。至于诊断学呢,我似的门外汉可不得而知。总之,西方的医学在中国还未萌芽,便已近于腐败。我虽然只相信西医,近来也颇有些望而却步了。

前几天和季茀谈起这些事,并且说,我的病,只要有熟人开一个方就好,用不着向什么博士化冤钱。第二天,他就给我请了正在继续研究的 Dr. H. 来了。开了一个方,自然要用稀盐酸,还有两样这里无须说;我所最感谢的是又加些 Sirup Simpel 使我喝得甜甜的,不为难。向药房去配药,可又成为问题了,因为药房也不免有模模胡胡的,他所没有的药品,也许就替换,或者竟删除。结果是托 Fraeulein H. 远远地跑到较大的药房去。

这样一办,加上车钱,也还要比医院的药价便宜到四分之三。

胃酸得了外来的生力军,强盛起来,一瓶药还未喝完,痛就停止了。我决定多喝它几天。但是,第二瓶却奇怪,同一的药房,同一的药方,药味可是不同一了;不像前一回的甜,也不酸。我检查我自己,并不发热,舌苔也不厚,这分明是药水有些蹊跷。喝了两回,坏处倒也没有;幸而不是急病,不大要紧,便照例将它喝完。去买第三瓶时,却附带了严重的质问;那回答是:也许糖分少了一点罢。这意思就是说紧要的药品没有错。中国的事情真是稀奇,糖分少一点,不但不甜,连酸也不酸了,的确是"特别国情"。

现在多攻击大医院对于病人的冷漠,我想,这些医院,将病人当作研究品,大概是有的,还有在院里的"高等华人",将病人看作下等研究品,大概也是有的。不愿意的,只好上私人所开的医院去,可是诊金药价都很贵。请熟人开了方去买药呢，药水也会先后不同起来。

这是人的问题。做事不切实，便什么都可疑。吕端大事不胡涂，犹言小事不妨胡涂点，这自然很足以显示我们中国人的雅量，然而我的胃痛却因此延长了。在宇宙的森罗万象中，我的胃痛当然不过是小事，或者简直不算事。

质问之后的第三瓶药水，药味就同第一瓶一样了。先前的闷胡卢，到此就很容易打破，就是那第二瓶里，是只有一日分的药，却加了两日分的水的，所以药味比正当的要薄一半。

虽然连吃药也那么蹭蹬，病却也居然好起来了。病略见好，H就攻击我头发长，说为什么不赶快去剪发。

这种攻击是听惯的，照例"着毋庸议"。但也不想用功，只是清理抽屉。翻翻废纸，其中有一束纸条，是前几年钞写的；这很使我觉得自己也日懒一日了，现在早不想做这类事。那时大概是想要做一篇攻击近时印书，胡乱标点之谬的文章的，废纸中就钞有很奇妙的例子。要塞进字纸篓里时，觉得有几条总还是爱不忍释，现在钞几条在这里，马上印出，以便"有目共赏"罢。其余的便作为换取火柴之助——

"国朝陈锡路黄嬾余话云。唐傅奕考覈道经众本。有项羽妾。本齐武平五年彭城人。开项羽妾冢。得之。"（上海进步书局石印本《茶香室丛钞》卷四第二叶。）

"国朝欧阳泉点勘记云。欧阳修醉翁亭。记让泉也。本集及滁州石刻。并同诸选本。作酿泉。误也。"（同上卷八第七叶。）

"袁石公典试秦中。后颇自悔。其少作诗文。皆粹然一出于正。"（上海士林精舍石印本《书影》卷一第四叶。）

"考……顺治中，秀水又有一陈忱，……著诚斋诗集，不出户庭，录读史随笔，同姓名录诸书。"（上海亚东图书馆排印本《水浒续集两种序》第七叶。）

标点古文，确是一种小小的难事，往往无从下笔；有许多处，我常疑心即使请作者自己来标点，怕也不免于迟疑。但上列的几条，却还不至于那么无从索解。末两条的意义尤显豁，而标点也弄得更聪明。

六月二十六日

晴。

上午，得霁野从他家乡寄来的信，话并不多，说家里有病人，别的一切人也都在毫无防备的将被疾病袭击的恐怖中；末尾还有几句感慨。

午后，织芳从河南来，谈了几句，匆匆忙忙地就走了，放下两个包，说这是"方糖"，送你吃的，怕不见得好。织芳这一回有点发胖,又这么忙,又穿着方马褂,我恐怕他将要做官了。

打开包来看时,何尝是"方"的,却是圆圆的小薄片,黄棕色。吃起来又凉又细腻,确是好东西。但我不明白织芳为什么叫它"方糖"?但这也就可以作为他将要做官的一证。

景宋说这是河南一处什么地方的名产,是用柿霜做成的;性凉,如果嘴角上生些小疮之类,用这一搽,便会好。怪不得有这么细腻,原来是凭了造化的妙手,用柿皮来滤过的。可惜到他说明的时候,我已经吃了一大半了。连忙将所余的收起,豫备将来嘴角上生疮的时候,好用这来搽。

夜间,又将藏着的柿霜糖吃了一大半,因为我忽而又以为嘴角上生疮的时候究竟不很多,还不如现在趁新鲜吃一点。不料一吃,就又吃了一大半了。

六月二十八日

晴,大风。

上午出门,主意是在买药,看见满街挂着五色国旗;军警林立。走到丰盛胡同中段,被军警驱入一条小胡同中。少顷,看见大路上黄尘滚滚,一辆摩托车驰过;少顷,又是一辆;少顷,又是一辆;又是一辆;又是一辆……。车中人看不分明,但见金边帽。车边上挂着兵,有的背着扎红绸的板刀;小胡同中人都肃然有敬畏之意。又少顷，摩托车没有了，我们渐渐溜出，军警也不作声。

溜到西单牌楼大街，也是满街挂着五色国旗，军警林立。一群破衣孩子，各各拿着一把小纸片，叫道：欢迎吴玉帅号外呀！一个来叫我买，我没有买。

将近宣武门口，一个黄色制服，汗流满面的汉子从外面走进来，忽而大声道：草你妈！许多人都对他看，但他走过去了，许多人也就不看了。走进宣武门城洞下，又是一个破衣孩子拿着一把小纸片，但却默默地将一张塞给我，接来一看，是石印的李国恒先生的传单，内中大意，是说他的多年痔疮，已蒙一个国手叫作什么先生的医好了。

到了目的地的药房时，外面正有一群人围着看两个人的口角；一柄浅蓝色的旧洋伞正挡住药房门。我推那洋伞时，斤量很不轻；终于伞底下回过一个头来，问我"干什么?"我答说进去买药。他不作声，又回头去看口角去了，洋伞的位置依旧。我只好下了十二分的决心，猛力冲锋；一冲，可就冲进去了。

药房里只有帐桌上坐着一个外国人，其余的店伙都是年青的同胞，服饰干净漂亮。不知怎地，我忽而觉得十年以后，他们便都要变为高等华人，而自己却现在就有下等人之感。于是乎恭恭敬敬地将药方和瓶子捧呈给一位分开头发的同胞。

"八毛五分。"他接了,一面走,一面说。

"喂!"我实在耐不住,下等脾气又发作了。药价八毛,瓶子钱照例五分,我是知道的。现在自己带了瓶子,怎么还要付五分钱呢?这一个"喂"字的功用就和国骂的"他妈的"相同,其中含有这么多的意义。

"八毛!"他也立刻懂得,将五分钱让去,真是"从善如流",有正人君子的风度。

我付了八毛钱,等候一会,药就拿出来了。我想,对付这一种同胞,有时是不宜于太客气的。于是打开瓶塞,当面尝了一尝。

"没有错的。"他很聪明,知道我不信任他。

"唔。"我点头表示赞成。其实是,还是不对,我的味觉不至于很麻木,这回觉得太酸了一点了,他连量杯也懒得用,那稀盐酸分明已经过量。然而这于我倒毫无妨碍的,我可以每回少喝些,或者对上水,多喝它几回。所以说"唔";"唔"者,介乎两可之间,莫明其真意之所在之答话也。

"回见回见!"我取了瓶子,走着说。

"回见。不喝水么?"

"不喝了。回见。"

我们究竟是礼教之邦的国民,归根结蒂,还是礼让。让出了玻璃门之后,在大毒日头底下的尘土中趑行,行到东长安街左近,又是军警林立。我正想横穿过去,一个巡警伸手拦住道:不成!我说只要走十几步,到对面就好了。他的回答仍然是:不成!那结果,是从别的道路绕。

绕到L君的寓所前,便打门,打出一个小使来,说L君出去了,须得午饭时候才回家。我说,也快到这个时候了,我在这里等一等罢。他说:不成!你贵姓呀?这使我很狼狈,路既这么远,走路又这么难,白走一遭,实在有些可惜。我想了十秒钟,便从衣袋里挖出一张名片来,叫他进去禀告太太,说有这么一个人,要在这里等一等,可以不?约有半刻钟,他出来了,结果是:也不成!先生要三点钟才回来哩,你三点钟再来罢。

又想了十秒钟,只好决计去访C君,仍在大毒日头底下的尘土中趋行,这回总算一路无阻,到了。打门一问,来开门的答道:去看一看可在家。我想:这一次是大有希望了。果然,即刻领我进客厅,C君也跑出来。我首先就要求他请我吃午饭。于是请我吃面包,还有葡萄酒;主人自己却吃面。那结果是一盘面包被我吃得精光,虽然另有奶油,可是四碟菜也所余无几了。

吃饱了就讲闲话,直到五点钟。

客厅外是很大的一块空地方,种着许多树。一株频果树下常有孩子们徘徊;C君说,那是在等候频果落下来的;因为有定律:谁拾得就归谁所有。我很笑孩子们耐心,肯做这样的迂远事。然而奇怪,到我辞别出去时,我看见三个孩子手里已经各有一个频果了。

回家看日报,上面说:"……吴在长辛店留宿一宵。除上述原因外,尚有一事,系吴由保定启程后,张其锽曾为吴卜一课,谓二十八日入京大利,必可平定西北。二十七日入京欠佳。吴颇以为然。此亦吴氏迟一日入京之由来也。"因此又想起我今天"不成"了大半天,运气殊属欠佳,不如也卜一课,以觇晚上的休咎罢。但我不明卜法,又无筮龟,实在无从措手。后来发明了一种新法,就是随便拉过一本书来,闭了眼睛,翻开,用手指指下去,然后张开眼,看指着的两句,就算是卜辞。

用的是《陶渊明集》,如法泡制,那两句是:"寄意一言外,兹契谁能别。"详了一会,竟不知道是怎么一回事。

记"发薪"

下午,在中央公园里和C君做点小工作,突然得到一位好意的老同事的警报,说,部里今天发给薪水了,计三成;但必须本人亲身去领,而且须在三天以内。

否则?

否则怎样,他却没有说。但这是"洞若观火"的,否则,就不给。

只要有银钱在手里经过,即使并非檀越的布施,人是也总爱逞逞威风的,要不然,他们也许要觉到自己的无聊,渺小。明明有物品去抵押,当铺却用这样的势利脸和高柜台;明明用银元去换铜元,钱摊却帖着"收买现洋"的纸条,隐然以"买主"自命。钱票当然应该可以到负责的地方去换现钱,而有时却规定了极短的时间,还要领签,排班,等候,受气;军警督压着,手里还有国粹的皮鞭。

不听话么？不但不得钱，而且要打了！

我曾经说过，中华民国的官，都是平民出身，并非特别种族。虽然高尚的文人学士或新闻记者们将他们看作异类，以为比自己格外奇怪，可鄙可嗤；然而从我这几年的经验看来，却委实不很特别，一切脾气，却与普通的同胞差不多，所以一到经手银钱的时候，也还是照例有一点借此威风一下的嗜好。

"亲领"问题的历史，是起源颇古的，中华民国十一年，就因此引起过方玄绰的牢骚，我便将这写了一篇《端午节》。但历史虽说如同螺旋，却究竟并非印板，所以今之与昔，也还是小有不同。在昔盛世，主张"亲领"的是"索薪会"——呜呼，这些专门名词，恕我不暇一一解释了，而且纸张也可惜。——的骁将，昼夜奔走，向国务院呼号，向财政部坐讨，一旦到手，对于没有一同去索的人的无功受禄，心有不甘，用此给吃一点小苦头的。其意若曰，这钱是我们讨来的，就同我们的一样；你要，必得到这里来领布施。你看施衣施粥，有施主亲自送到受惠者的家里去的么？

然而那是盛世的事。现在是无论怎么"索"，早已一文也不给了，如果偶然"发薪"，那是意外的上头的嘉惠，和什么"索"丝毫无关。不过临时发布"亲领"命令的施主却还有，只是已非善于索薪的骁将，而是天天"画到"，未曾另谋生活的"不贰之臣"了。所以，先前的"亲领"是对于没有同去索薪的人们的罚,现在的"亲领"是对于不能空着肚子,天天到部的人们的罚。

但这不过是一个大意,此外的事,倘非身临其境,实在有些说不清。譬如一碗酸辣汤,耳闻口讲的,总不如亲自呷一口的明白。近来有几个心怀叵测的名人间接忠告我,说我去年作文,专和几个人闹意见,不再论及文学艺术,天下国家.是可惜的。殊不知我近来倒是明白了,身历其境的小事,尚且参不透,说不清,更何况那些高尚伟大,不甚了然的事业?我现在只能说说较为切己的私事,至于冠冕堂皇如所谓"公理"之类,就让公理专家去消遣罢。

总之,我以为现在的"亲领"主张家,已颇不如先前了,这就是"孤桐先生"之所谓"每况愈下"。而且便是空牢骚如方玄绰者,似乎也已经寥寥了。

"去!"我一得警报,便走出公园,跳上车,径奔衙门去。

一进门,巡警就给我一个立正举手的敬礼,可见做官要做得较大,虽然阔别多日,他们也还是认识的。到里面,不见什么人,因为办公时间已经改在上午,大概都已亲领了回家了。觅得一位听差,问明了"亲领"的规则,是先到会计科去取得条子,然后拿了这条子,到花厅里去领钱。

就到会计科,一个部员看了一看我的脸,便翻出条子来。我知道他是老部员,熟识同人,负着"验明正身"的重大责任的；接过条子之后，我便特别多点了两个头，以表示告别和感谢之至意。

其次是花厅了，先经过一个边门，只见上帖纸条道："丙组"，又有一行小注是"不满百元"。我看自己的条子上，写的是九十九元，心里想，这真是"人生不满百，常怀千岁忧。……"同时便直撞进去。看见一个和我差不多大的官，说道这"不满百元"是指全俸而言，我的并不在这里，是在里间。

就到里间，那里有两张大桌子，桌旁坐着几个人，一个熟识的老同事就招呼我了；拿出条子去，签了名，换得钱票，总算一帆风顺。这组的旁边还坐着一位很胖的官，大概是监督者，因为他敢于解开了官纱——也许是纺绸，我不大认识这些东西。——小衫，露着胖得拥成折叠的胸肚，使汗珠雍容地越过了折叠往下流。

这时我无端有些感慨，心里想，大家现在都说"灾官""灾官"，殊不知"心广体胖"的还不在少呢。便是两三年前教员正嚷索薪的时候，学校的教员预备室里也还有人因为吃得太饱了，咳的一声，胃中的气体从嘴里反叛出来。

走出外间，那一位和我差不多大的官还在，便拉住他发牢骚。

"你们怎么又闹这些玩意儿了？"我说。

"这是他的意思……。"他和气地回答,而且笑嘻嘻的。

"生病的怎么办呢?放在门板上抬来么?"

"他说:这些都另法办理……。"

我是一听便了然的,只是在"门——衙门之门——外汉"怕不易懂,最好是再加上一点注解。这所谓"他"者,是指总长或次长而言。此时虽然似乎所指颇朦胧,但再掘下去,便可以得到指实,但如果再掘下去,也许又要更朦胧。总而言之,薪水既经到手,这些事便应该"适可而止,毋贪心也"的,否则,怕难免有些危机。即如我的说了这些话,其实就已经不大妥。

于是我退出花厅,却又遇见几个旧同事,闲谈了一回。知道还有"戊组",是发给已经死了的人的薪水的,这一组大概无须"亲领"。又知道这一回提出"亲领"律者,不但"他",也有"他们"在内。所谓"他们"者,粗粗一听,很像"索薪会"的头领们,但其实也不然,因为衙门里早就没有什么"索薪会",所以这一回当然是别一批新人物了。

我们这回"亲领"的薪水,是中华民国十三年二月份的。因此,事前就有了两种学说。一,即作为十三年二月的薪水发给。然而还有新来的和新近加俸的呢,可就不免有向隅之感。于是第二种新学说自然起来:不管先前,只作为本年六月份的薪水发给。不过这学说也不大妥,只是"不管先前"这一句,就很有些疵病。

这个办法，先前也早有人苦心经营过。去年章士钊将我免职之后，自以为在地位上已经给了一个打击，连有些文人学士们也喜得手舞足蹈。然而他们究竟是聪明人，看过"满床满桌满地"的德文书的，即刻又悟到我单是抛了官，还不至于一败涂地，因为我还可以得欠薪，在北京生活。于是他们的司长刘百昭便在部务会议席上提出，要不发欠薪，何月领来，便作为何月的薪水。这办法如果实行，我的受打击是颇大的，因为就受着经济的迫压。然而终于也没有通过。那致命伤，就在"不管先前"上；而刘百昭们又不肯自称革命党，主张不管什么，都从新来一回。

所以现在每一领到政费，所发的也还是先前的钱；即使有人今年不在北京了，十三年二月间却在，实在也有些难于说是现今不在，连那时的曾经在此也不算了。但是，既然又有新的学说起来，总得采纳一点，这采纳一点，也就是调和一些。因此，我们这回的收条上，年月是十三年二月的，钱的数目是十五年六月的。

这么一来，既然并非"不管先前"，而新近升官或加俸的又可以多得一点钱，可谓比较的周到。于我是无益也无损，只要还在北京，拿得出"正身"来。

翻开我的简单日记一查，我今年已经收了四回俸钱了：第一次三元；第二次六元；第三次八十二元五角，即二成五，端午节的夜里收到的；第四次三成，九十九元，就是这一次。再算欠我的薪水，是大约还有九千二百四十元，七月份还不算。

　　我觉得已是一个精神上的财主；只可惜这"精神文明"是不很可靠的，刘百昭就来动摇过。将来遇见善于理财的人，怕还要设立一个"欠薪整理会"，里面坐着几个人物，外面挂着一块招牌，使凡有欠薪的人们都到那里去接洽。几天或几月之后，人不见了，接着连招牌也不见了；于是精神上的财主就变了物质上的穷人了。

　　但现在却还的确收了九十九元，对于生活又较为放心，趁闲空来发一点议论再说。

七月二十一日

上海通信

小峰兄：

别后之次日，我便上车，当晚到天津。途中什么事也没有，不过刚出天津车站，却有一个穿制服的，大概是税吏之流罢，突然将我的提篮拉住，问道"什么？"我刚答说"零用什物"时，他已经将篮摇了两摇，扬长而去了。幸而我的篮里并无人参汤榨菜汤或玻璃器皿，所以毫无损失，请勿念。

从天津向浦口，我坐的是特别快车，所以并不嚣杂，但挤是挤的。我从七年前护送家眷到北京以后，便没有坐过这车；现在似乎男女分坐了，间壁的一室中本是一男三女的一家，这回却将男的逐出，另外请进一个女的去。将近浦口，又发生一点小风潮，因为那四口的一家给茶房的茶资太少了，一个长壮伟大的茶房便到我们这里来演说，"使之闻之"。其略曰：钱是自然要的。一个人不为钱为什么？然而自己只做茶房图几文茶资，是因为良心还在中间，没有到这边（指腋下介）去！自己也还能卖掉田地去买枪，招集了土匪，做个头目；好好地一玩，就可以升官，发财了。然而良心还在这里（指胸骨介），所以甘心做茶房，赚点小钱，给儿女念念书，将来好好过活。……但，如果太给自己下不去了，什么不是人做的事要做也会做出来！我们一堆共有六个人，谁也没有反驳他。听说后来是添了一块钱完事。

我并不想步勇敢的文人学士们的后尘，在北京出版的周刊上斥骂孙传芳大帅。不过一到下关，记起这是投壶的礼义之邦的事来，总不免有些滑稽之感。在我的眼睛里，下关也还是七年前的下关，无非那时是大风雨，这回却是晴天。赶不上特别快车了，只好趁夜车，便在客寓里暂息。挑夫（即本地之所谓"夫子"）和茶房还是照旧地老实；板鸭，插烧，油鸡等类，也依然价廉物美。喝了二两高粱酒，也比北京的好。这当然只是"我以为"；但也并非毫无理由：就因为它有一点生的高粱气味，喝后合上眼，就如身在雨后的田野里一般。

正在田野里的时候，茶房来说有人要我出去说话了。出去看时，是几个人和三四个兵背着枪，究竟几个，我没有细数；总之是一大群。其中的一个说要看我的行李。问他先看那一个呢？他指定了一个麻布套的皮箱。给他解了绳，开了锁，揭开盖，他才蹲下去在衣服中间摸索。摸索了一会，似乎便灰心了，站起来将手一摆，一群兵便都"向后转"，往外走出去了。那指挥的临走时还对我点点头，非常客气。我和现任的"有枪阶级"接洽，民国以来这是第一回。我觉得他们倒并不坏；假使他们也如自称"无枪阶级"的善造"流言"，我就要连路也不能走。

向上海的夜车是十一点钟开的，客很少，大可以躺下睡觉，可惜椅子太短，身子必须弯起来。这车里的茶是好极了，装在玻璃杯里，色香味都好，也许因为我喝了多年井水茶，所以容易大惊小怪了罢，然而大概确是很好的。因此一共喝了两杯，看看窗外的夜的江南，几乎没有睡觉。

在这车上，才通见满口英语的学生，才听到"无线电""海底电"这类话。也在这车上，才看见弱不胜衣的少爷，绸衫尖头鞋，口嗑南瓜子，手里是一张《消闲录》之类的小报，而且永远看不完。这一类人似乎江浙特别多，恐怕投壶的日子正长久哩。

现在是住在上海的客寓里了；急于想走。走了几天，走得高兴起来了，很想总是走来走去。先前听说欧洲有一种民族，叫作"吉柏希"的，乐于迁徙，不肯安居，私心窃以为他们脾气太古怪，现在才知道他们自有他们的道理，倒是我胡涂。

这里在下雨，不算很热了。

鲁迅。八月三十日，上海

《而已集》

题　辞

这半年我又看见了许多血和许多泪,
然而我只有杂感而已。

泪揩了,血消了;
屠伯们逍遥复逍遥,
用钢刀的,用软刀的。
然而我只有"杂感"而已。

连"杂感"也被"放进了应该去的地方"时,
我于是只有"而已"而已!

　　以上的八句话,是在一九二六年十月十四夜里,编完那年那时为止的杂感集后,写在末尾的,现在便取来作为一九二七年的杂感集的题辞。

　　　　　　　　一九二八年十月三十日,鲁迅校讫记

略论中国人的脸

大约人们一遇到不大看惯的东西,总不免以为他古怪。我还记得初看见西洋人的时候,就觉得他脸太白,头发太黄,眼珠太淡,鼻梁太高。虽然不能明明白白地说出理由来,但总而言之:相貌不应该如此。至于对于中国人的脸,是毫无异议;即使有好丑之别,然而都不错的。

我们的古人,倒似乎并不放松自己中国人的相貌。周的孟轲就用眸子来判胸中的正不正,汉朝还有《相人》二十四卷。后来闹这玩艺儿的尤其多;分起来,可以说有两派罢:一是从脸上看出他的智愚贤不肖;一是从脸上看出他过去,现在和将来的荣枯。于是天下纷纷,从此多事,许多人就都战战兢兢地研究自己的脸。我想,镜子的发明,恐怕这些人和小姐们是大有功劳的。不过近来前一派已经不大有人讲究,在北京上海这些地方捣鬼的都只是后一派了。

我一向只留心西洋人。留心的结果，又觉得他们的皮肤未免太粗；毫毛有白色的，也不好。皮上常有红点，即因为颜色太白之故，倒不如我们之黄。尤其不好的是红鼻子，有时简直像是将要熔化的蜡烛油，仿佛就要滴下来，使人看得栗栗危惧，也不及黄色人种的较为隐晦，也见得较为安全。总而言之：相貌还是不应该如此的。

后来，我看见西洋人所画的中国人，才知道他们对于我们的相貌也很不敬。那似乎是《天方夜谈》或者《安徒生童话》中的插画，现在不很记得清楚了。头上戴着拖花翎的红缨帽，一条辫子在空中飞扬，朝靴的粉底非常之厚。但这些都是满洲人连累我们的。独有两眼歪斜，张嘴露齿，却是我们自己本来的相貌。不过我那时想，其实并不尽然，外国人特地要奚落我们，所以格外形容得过度了。

但此后对于中国一部分人们的相貌，我也逐渐感到一种不满，就是他们每看见不常见的事件或华丽的女人，听到有些醉心的说话的时候，下巴总要慢慢挂下，将嘴张了开来。这实在不大雅观；仿佛精神上缺少着一样什么机件。据研究人体的学者们说，一头附着在上颚骨上，那一头附着在下颚骨上的"咬筋"，力量是非常之大的。我们幼小时候想吃核桃，必须放在门缝里将它的壳夹碎。但在成人，只要牙齿好，那咬筋一收缩，便能咬碎一个核桃。有着这么大的力量的筋，有时竟不能收住一个并不沉重的自己的下巴,虽然正在看得出神的时候,倒也情有可原,但我总以为究竟不是十分体面的事。

日本的长谷川如是闲是善于做讽刺文字的。去年我见过他的一本随笔集,叫作《猫·狗·人》;其中有一篇就说到中国人的脸。大意是初见中国人,即令人感到较之日本人或西洋人,脸上总欠缺着一点什么。久而久之,看惯了,便觉得这样已经尽够,并不缺少东西;倒是看得西洋人之流的脸上,多余着一点什么。这多余着的东西,他就给它一个不大高妙的名目:兽性。中国人的脸上没有这个,是人,则加上多余的东西,即成了下列的算式:

人+兽性=西洋人

他借了称赞中国人,贬斥西洋人,来讥刺日本人的目的,这样就达到了,自然不必再说这兽性的不见于中国人的脸上,是本来没有的呢,还是现在已经消除。如果是后来消除的,那么,是渐渐净尽而只剩了人性的呢,还是不过渐渐成了驯顺。野牛成为家牛,野猪成为猪,狼成为狗,野性是消失了,但只足使牧人喜欢,于本身并无好处。人不过是人,不再夹杂着别的东西,当然再好没有了。倘不得已,我以为还不如带些兽性,如果合于下列的算式倒是不很有趣的:

人+家畜性=某一种人

中国人的脸上真可有兽性的记号的疑案,暂且中止讨论罢。我只要说近来却在中国人所理想的古今人的脸上，看见了两种多余。一到广州，我觉得比我所从来的厦门丰富得多的，是电影，而且大半是"国片"，有古装的，有时装的。因为电影是"艺术"，所以电影艺术家便将这两种多余加上去了。

　　古装的电影也可以说是好看，那好看不下于看戏；至少，决不至于有大锣大鼓将人的耳朵震聋。在"银幕"上，则有身穿不知何时何代的衣服的人物，缓慢地动作；脸正如古人一般死，因为要显得活，便只好加上些旧式戏子的昏庸。

　　时装人物的脸，只要见过清朝光绪年间上海的吴友如的《画报》的，便会觉得神态非常相像。《画报》所画的大抵不是流氓拆梢，便是妓女吃醋，所以脸相都狡猾。这精神似乎至今不变，国产影片中的人物，虽是作者以为善人杰士者，眉宇间也总带些上海洋场式的狡猾。可见不如此，是连善人杰士也做不成的。

　　听说，国产影片之所以多，是因为华侨欢迎，能够获利，每一新片到，老的便带了孩子去指点给他们看道："看哪，我们的祖国的人们是这样的。"在广州似乎也受欢迎，日夜四场，我常见看客坐得满满。

　　广州现在也如上海一样，正在这样地修养他们的趣味。可惜电影一开演，电灯一定熄灭，我不能看见人们的下巴。

一九二七年四月六日

革命时代的文学

——四月八日在黄埔军官学校讲

今天要讲几句的话是就将这"革命时代的文学"算作题目。这学校是邀过我好几次了,我总是推宕着没有来。为什么呢?因为我想,诸君的所以来邀我,大约是因为我曾经做过几篇小说,是文学家,要从我这里听文学。其实我并不是的,并不懂什么。我首先正经学习的是开矿,叫我讲掘煤,也许比讲文学要好一些。自然,因为自己的嗜好,文学书是也时常看看的,不过并无心得,能说出于诸君有用的东西来。加以这几年,自己在北京所得的经验,对于一向所知道的前人所讲的文学的议论,都渐渐的怀疑起来。那是开枪打杀学生的时候罢,文禁也严厉了,我想:文学文学,是最不中用的,没有力量的人讲的;有实力的人并不开口,就杀人,被压迫的人讲几句话,写几个字,就要被杀;即使幸而不被杀,但天天呐喊,叫苦，鸣不平，而有实力的人仍然压迫，虐待，杀戮，没有方法对付他们，这文学于人们又有什么益处呢？

在自然界里也这样，鹰的捕雀，不声不响的是鹰，吱吱叫喊的是雀；猫的捕鼠，不声不响的是猫，吱吱叫喊的是老鼠；结果，还是只会开口的被不开口的吃掉。文学家弄得好，做几篇文章，也许能够称誉于当时，或者得到多少年的虚名罢，——譬如一个烈士的追悼会开过之后，烈士的事情早已不提了，大家倒传诵着谁的挽联做得好：这实在是一件很稳当的买卖。

但在这革命地方的文学家，恐怕总喜欢说文学和革命是大有关系的，例如可以用这来宣传，鼓吹，煽动，促进革命和完成革命。不过我想，这样的文章是无力的，因为好的文艺作品，向来多是不受别人命令，不顾利害，自然而然地从心中流露的东西；如果先挂起一个题目，做起文章来，那又何异于八股，在文学中并无价值，更说不到能否感动人了。为革命起见，要有"革命人"，"革命文学"倒无须急急，革命人做出东西来，才是革命文学。所以，我想：革命，倒是与文章有关系的。革命时代的文学和平时的文学不同，革命来了，文学就变换色彩。但大革命可以变换文学的色彩，小革命却不，因为不算什么革命，所以不能变换文学的色彩。在此地是听惯了"革命"了，江苏浙江谈到革命二字，听的人都很害怕，讲的人也很危险。其实"革命"是并不稀奇的,惟其有了它,社会才会改革,人类才会进步,能从原虫到人类,从野蛮到文明,就因为没有一刻不在革命。生物学家告诉我们:"人类和猴子是没有大两样的,人类和猴子是表兄弟。"但为什么人类成了人,猴子终于是猴子呢?这就因为猴子不肯变化——它爱用四只脚走路。也许曾有一个猴子站起来,试用两脚走路的罢,但许多猴子就说:"我们底祖先一向是爬的,不许你站!"咬死了。它们不但不肯站起来,并且不肯讲话,因为它守旧。人类就不然,他终于站起,讲话,结果是他胜利了。现在也还没有完。所以革命是并不稀奇的,凡是至今还未灭亡的民族,还都天天在努力革命,虽然往往不过是小革命。

大革命与文学有什么影响呢?大约可以分开三个时候来说:

(一)大革命之前,所有的文学,大抵是对于种种社会状态,觉得不平,觉得痛苦,就叫苦,鸣不平,在世界文学中关于这类的文学颇不少。但这些叫苦鸣不平的文学对于革命没有什么影响,因为叫苦鸣不平,并无力量,压迫你们的人仍然不理,老鼠虽然吱吱地叫,尽管叫出很好的文学,而猫儿吃起它来,还是不客气。所以仅仅有叫苦鸣不平的文学时,这个民族还没有希望,因为止于叫苦和鸣不平。例如人们打官司,失败的方面到了分发冤单的时候,对手就知道他没有力量再打官司,事情已经了结了;所以叫苦鸣不平的文学等于喊冤,压迫者对此倒觉得放心。有些民族因为叫苦无用,连苦也不叫了,他们便成为沉默的民族,渐渐更加衰颓下去,埃及,阿拉伯,波斯,印度就都没有什么声音了!至于富有反抗性,蕴有力量的民族,因为叫苦没用,他便觉悟起来,由哀音而变为怒吼。怒吼的文学一出现,反抗就快到了;他们已经很愤怒,所以与革命爆发时代接近的文学每每带有愤怒之音;他要反抗,他要复仇。苏俄革命将起时,即有些这类的文学。但也有例外,如波兰,虽然早有复仇的文学,然而他的恢复,是靠着欧洲大战的。

(二)到了大革命的时代,文学没有了,没有声音了,因为大家受革命潮流的鼓荡,大家由呼喊而转入行动,大家忙着革命,没有闲空谈文学了。还有一层,是那时民生凋敝,一心寻面包吃尚且来不及,那里有心思谈文学呢?守旧的人因为受革命潮流的打击,气得发昏,也不能再唱所谓他们底文学了。有人说:"文学是穷苦的时候做的",其实未必,穷苦的时候必定没有文学作品的;我在北京时,一穷,就到处借钱,不写一个字,到薪俸发放时,才坐下来做文章。忙的时候也必定没有文学作品,挑担的人必要把担子放下,才能做文章;拉车的人也必要把车子放下,才能做文章。大革命时代忙得很,同时又穷得很,这一部分人和那一部分人斗争,非先行变换现代社会底状态不可,没有时间也没有心思做文章;所以大革命时代的文学便只好暂归沉寂了。

(三)等到大革命成功后,社会底状态缓和了,大家底生活有余裕了,这时候就又产生文学。这时候底文学有二:一种文学是赞扬革命,称颂革命,——讴歌革命,因为进步的文学家想到社会改变,社会向前走,对于旧社会的破坏和新社会的建设,都觉得有意义,一方面对于旧制度的崩坏很高兴,一方面对于新的建设来讴歌。另有一种文学是吊旧社会的灭亡——挽歌——也是革命后会有的文学。有些的人以为这是"反革命的文学",我想,倒也无须加以这么大的罪名。革命虽然进行,但社会上旧人物还很多,决不能一时变成新人物,他们的脑中满藏着旧思想旧东西;环境渐变,影响到他们自身的一切,于是回想旧时的舒服,便对于旧社会眷念不已,恋恋不舍,因而讲出很古的话,陈旧的话,形成这样的文学。这种文学都是悲哀的调子,表示他心里不舒服,一方面看见新的建设胜利了,一方面看见旧的制度灭亡了,所以唱起挽歌来。但是怀旧,唱挽歌,就表示已经革命了,如果没有革命,旧人物正得势,是不会唱挽歌的。

不过中国没有这两种文学——对旧制度挽歌,对新制度讴歌;因为中国革命还没有成功,正是青黄不接,忙于革命的时候。不过旧文学仍然很多,报纸上的文章,几乎全是旧式。我想，这足见中国革命对于社会没有多大的改变，对于守旧的人没有多大的影响，所以旧人仍能超然物外。广东报纸所讲的文学，都是旧的，新的很少，也可以证明广东社会没有受革命影响；没有对新的讴歌，也没有对旧的挽歌，广东仍然是十年前底广东。不但如此，并且也没有叫苦，没有鸣不平；止看见工会参加游行，但这是政府允许的，不是因压迫而反抗的，也不过是奉旨革命。中国社会没有改变，所以没有怀旧的哀词，也没有崭新的进行曲，只在苏俄却已产生了这两种文学。他们的旧文学家逃亡外国，所作的文学，多是吊亡挽旧的哀词；新文学则正在努力向前走，伟大的作品虽然还没有，但是新作品已不少，他们已经离开怒吼时期而过渡到讴歌的时期了。赞美建设是革命进行以后的影响，再往后去的情形怎样，现在不得而知，但推想起来，大约是平民文学罢，因为平民的世界，是革命的结果。

现在中国自然没有平民文学，世界上也还没有平民文学，所有的文学，歌呀，诗呀，大抵是给上等人看的；他们吃饱了，睡在躺椅上，捧着看。一个才子出门遇见一个佳人，两个人很要好，有一个不才子从中捣乱，生出差迟来，但终于团圆了。这样地看看，多么舒服。或者讲上等人怎样有趣和快乐，下等人怎样可笑。前几年《新青年》载过几篇小说，描写罪人在寒地里的生活，大学教授看了就不高兴，因为他们不喜欢看这样的下流人。如果诗歌描写车夫，就是下流诗歌；一出戏里，有犯罪的事情，就是下流戏。他们的戏里的脚色，止有才子佳人，才子中状元，佳人封一品夫人，在才子佳人本身很欢喜，他们看了也很欢喜，下等人没奈何，也只好替他们一同欢喜欢喜。在现在，有人以平民——工人农民——为材料，做小说做诗，我们也称之为平民文学，其实这不是平民文学，因为平民还没有开口。这是另外的人从旁看见平民的生活，假托平民底口吻而说的。眼前的文人有些虽然穷，但总比工人农民富足些，这才能有钱去读书，才能有文章；一看好像是平民所说的，其实不是；这不是真的平民小说。平民所唱的山歌野曲，现在也有人写下来，以为是平民之音了，因为是老百姓所唱。但他们间接受古书的影响很大，他们对于乡下的绅士有田三千亩，佩服得不了，每每拿绅士的思想，做自己的思想，绅士们惯吟五言诗，七言诗；因此他们所唱的山歌野曲，大半也是五言或七言。这是就格律而言，还有构思取意，也是很陈腐的，不能称是真正的平民文学。现在中国底小说和诗实在比不上别国，无可奈何，只好称之曰文学；谈不到革命时代的文学，更谈不到平民文学。现在的文学家都是读书人，如果工人农民不解放，工人农民的思想，仍然是读书人的思想，必待工人农民得到真正的解放，然后才有真正的平民文学。有些人说："中国已有平民文学"，其实这是不对的。

诸君是实际的战争者,是革命的战士,我以为现在还是不要佩服文学的好。学文学对于战争,没有益处,最好不过作一篇战歌,或者写得美的,便可于战余休憩时看看,倒也有趣。要讲得堂皇点,则譬如种柳树,待到柳树长大,浓阴蔽日,农夫耕作到正午,或者可以坐在柳树底下吃饭,休息休息。中国现在的社会情状,止有实地的革命战争,一首诗吓不走孙传芳,一炮就把孙传芳轰走了。自然也有人以为文学于革命是有伟力的,但我个人总觉得怀疑,文学总是一种余裕的产物,可以表示一民族的文化,倒是真的。

人大概是不满于自己目前所做的事的,我一向只会做几篇文章,自己也做得厌了,而捏枪的诸君,却又要听讲文学。我呢,自然倒愿意听听大炮的声音,仿佛觉得大炮的声音或者比文学的声音要好听得多似的。我的演说只有这样多,感谢诸君听完的厚意!

一九二七年六月十二日发表于《黄埔生活》,
收入本集时作者作了修改。

谈"激烈"

带了书籍杂志过"香江",有被视为"危险文字"而尝"铁窗斧钺风味"之险,我在《略谈香港》里已经说过了。但因为不知道怎样的是"危险文字",所以时常耿耿于心。为什么呢?倒也并非如上海保安会所言,怕"中国元气太损",乃是自私自利,怕自己也许要经过香港,须得留神些。

今年似乎是青年特别容易死掉的年头。"千里不同风,百里不同俗。"这里以为平常的,那边就算过激,滚油煎指头。今天正是正当的,明天就变犯罪,藤条打屁股。倘是年青人,初从乡间来,一定要被煎得莫明其妙,以为现在是时行这样的制度了罢。至于我呢,前年已经四十五岁了,而且早已"身心交病",似乎无须这么宝贵生命,思患豫防。但这是别人的意见,若夫我自己,还是不愿意吃苦。敢乞"新时代的青年"们鉴原为幸。

所以,留神而又留神。果然,"天助自助者",今天竟在《循环日报"上遇到一点参考资料了。事情是一个广州执信学校的学生，路过（！）香港，"在尖沙嘴码头，被一五七号华差截搜行李，在其木杠（谨案：箱也）之内，搜获激烈文字书籍七本。计开：执信学校印行之《宣传大纲》六本，又《侵夺中国史》一本。此种激烈文字，业经华民署翻译员择译完竣，昨日午乃解由连司提讯，控以怀有激烈文字书籍之罪。……"抄报太麻烦，说个大略罢，是："择译"时期，押银五百元出外；后来因为被告供称书系朋友托带，所以"姑判从轻罚银二十五元，书籍没收焚毁"云。

执信学校是广州的平正的学校，既是"清党"之后，则《宣传大纲》不外三民主义可知，但一到"尖沙嘴"，可就"激烈"了；可怕。惟独对于友邦，竟敢用"侵夺"字样，则确也未免"激烈"一点，因为忘了他们正在替我们"保存国粹"之恩故也。但"侵夺"上也许还有字，记者不敢写出来。

我曾经提起过几回元朝，今夜思之，还不很确。元朝之于中文书籍，未尝如此留心。这一著倒要推清朝做模范。他不但兴过几回"文字狱"，大杀叛徒，且于宋朝人所做的"激烈文字"，也曾细心加以删改。同胞之热心"复古"及友邦之赞助"复古"者，似当奉为师法者也。

清朝人改宋人书，我曾经举出过《茅亭客话》。但这书在《琳琅秘室丛书》里，现在时价每部要四十元，倘非小阔人，那能得之哉？近来却另有一部了，是商务印书馆印的《鸡肋编》，宋庄季裕著，每本只要五角，我们可以看见清朝的文澜阁本和元钞本有如何不同。今摘数条如下：

"燕地……女子……冬月以栝蒌涂面，……至春暖方涤去，久不为风日所侵，故洁白如玉也。今使中国妇女，尽污于殊俗，汉唐和亲之计，盖未为屈也。"（清人将"今使中国"以下二十二字，改作"其异于南方如此"七字。）

"自古兵乱，郡邑被焚毁者有之，虽盗贼残暴，必赖室庐以处，故须有存者。靖康之后，金虏侵凌中国，露居异俗，凡所经过，尽皆焚爇。如曲阜先圣旧宅，自鲁共王之后，但有增葺。莽卓巢温之徒，犹假崇儒，未尝敢犯。至金寇，遂为烟尘。指其像而诟曰'尔是言夷狄之有君者！'中原之祸，自书契以来，未之有也。"（清朝的改本，可大不同了，是"孔子宅在今僊源故鲁城中归德门内阙里之中。……遭汉中微，盗贼奔突，自西京未央建章之殿，皆见隳坏，而灵光岿然独存。今其遗址，不复可见。而先圣旧宅，近日亦遭兵爇之厄，可叹也夫。"）

抄书也太麻烦，还是不抄下去了。但我们看第二条，就很可以悟出上海保安会所切望的"循规蹈矩"之道。即：原文带些愤激，是"激烈"，改本不过"可叹也夫"，是"循规蹈矩"

的。何以故呢？愤激便有揭竿而起的可能，而"可叹也夫"则瘟头瘟脑，即使全国一同叹气，其结果也不过是叹气，于"治安"毫无妨碍的。

但我还要给青年们一个警告：勿以为我们以后只做"可叹也夫"的文章，便可以安全了。新例我还未研究好，单看清朝的老例，则准其叹气，乃是对于古人的优待，不适用于今人的。因为奴才都叹气，虽无大害，主人看了究竟不舒服。必须要如罗素所称赞的杭州的轿夫一样，常是笑嘻嘻。

但我还要给自己解释几句：我虽然对于"笑嘻嘻"仿佛有点微词，但我并非意在鼓吹"阶级斗争"，因为我知道我的这一篇，杭州轿夫是不会看见的。况且"讨赤"诸君子，都不肯笑嘻嘻的去抬轿，足见以抬轿为苦境，也不独"乱党"为然。而况我的议论，其实也不过"可叹也夫"乎哉！

现在的书籍往往"激烈"，古人的书籍也不免有违碍之处。那么，为中国"保存国粹"者，怎么办呢？我还不大明白。仅知道澳门是正在"征诗"，共收卷七千八百五十六本，经"江霞公太史（孔殷）评阅"，取录二百名。第一名的诗是：

  南中多乐日高会。。。 良时厚意愿得常。。。

  陵松万章发文彩。。。 百年贵寿齐辉光。。。

这是从香港报上照抄下来的,一连三圈,也原本如此,我想大概是密圈之意。这诗大约还有一种"格",如"嵌字格"之类,但我是外行,只好不谈。所给我益处的,是我居然从此悟出了将来的"国粹",当以诗词骈文为正宗。史学等等,恐怕未必发达。即要研究,也必先由老师宿儒,先加一番改定工夫。唯独诗词骈文,可以少有流弊。故骈文入神的饶汉祥一死,日本人也不禁为之慨叹,而"狂徒"又须挨骂了。

日本人拜服骈文于北京,"金制军""整理国故"于香港,其爱护中国,恐其沦亡,可谓至矣。然而裁厘加税,大家都不赞成者何哉?盖厘金乃国粹,而关税非国粹也。"可叹也夫"!

今是中秋,璧月澄澈,叹气既完,还不想睡。重吟"征诗",莫名其妙,稿有余纸,因录"江霞公太史"评语,俾读者咸知好处,但圈点是我僭加的——

"以谢启为题,寥寥二十八字。既用古诗十九首中字,复嵌全限内字。首二句是赋,三句是兴,末句是兴而比。步骤井然,举重若轻,绝不吃力。虚室生白,吉祥止止。洵属巧中生巧,难上加难。至其胎息之高古,意义之纯粹,格调之老苍,非寝馈汉魏古诗有年,未易臻斯境界。"

九月十一日,广州

魏晋风度及文章与药及酒之关系

　　——九月间在广州夏期学术演讲会讲

　　我今天所讲的，就是黑板上写着的这样一个题目。

　　中国文学史，研究起来，可真不容易，研究古的，恨材料太少，研究今的，材料又太多，所以到现在，中国较完全的文学史尚未出现。今天讲的题目是文学史上的一部分，也是材料太少，研究起来很有困难的地方。因为我们想研究某一时代的文学，至少要知道作者的环境，经历和著作。

　　汉末魏初这个时代是很重要的时代，在文学方面起一个重大的变化，因当时正在黄巾和董卓大乱之后，而且又是党锢的纠纷之后，这时曹操出来了。——不过我们讲到曹操，很容易就联想起《三国志演义》，更而想起戏台上那一位花面的奸臣，但这不是观察曹操的真正方法。现在我们再看历史，在历史上的记载和论断有时也是极靠不住的，不能相信的地方很多，因为通常我们晓得,某朝的年代长一点,其中必定好人多;某朝的年代短一点,其中差不多没有好人。为什么呢?因为年代长了,做史的是本朝人,当然恭维本朝的人物,年代短了,做史的是别朝人,便很自由地贬斥其异朝的人物,所以在秦朝,差不多在史的记载上半个好人也没有。曹操在史上年代也是颇短的,自然也逃不了被后一朝人说坏话的公例。其实,曹操是一个很有本事的人,至少是一个英雄,我虽不是曹操一党,但无论如何,总是非常佩服他。

研究那时的文学,现在较为容易了,因为已经有人做过工作:在文集一方面有清严可均辑的《全上古三代秦汉三国晋南北朝文》。其中于此有用的,是《全汉文》,《全三国文》,《全晋文》。

在诗一方面有丁福保辑的《全汉三国晋南北朝诗》。——丁福保是做医生的,现在还在。

辑录关于这时代的文学评论有刘师培编的《中国中古文学史》。这本书是北大的讲义,刘先生已死,此书由北大出版。

上面三种书对于我们的研究有很大的帮助。能使我们看出这时代的文学的确有点异彩。

我今天所讲,倘若刘先生的书里已详的,我就略一点;反之,刘先生所略的,我就较详一点。

董卓之后,曹操专权。在他的统治之下,第一个特色便是尚刑名。他的立法是很严的，因为当大乱之后，大家都想做皇帝，大家都想叛乱，故曹操不能不如此。曹操曾自己说过："倘无我，不知有多少人称王称帝！"这句话他倒并没有说谎。因此之故，影响到文章方面，成了清峻的风格。——就是文章要简约严明的意思。

此外还有一个特点，就是尚通脱。他为什么要尚通脱呢？自然也与当时的风气有莫大的关系。因为在党锢之祸以前，凡党中人都自命清流，不过讲"清"讲得太过，便成固执，所以在汉末，清流的举动有时便非常可笑了。

比方有一个有名的人，普通的人去拜访他，先要说几句话，倘这几句话说得不对，往往会遭倨傲的待遇，叫他坐到屋外去，甚而至于拒绝不见。

又如有一个人，他和他的姊夫是不对的，有一回他到姊姊那里去吃饭之后，便要将饭钱算回给姊姊。她不肯要，他就于出门之后，把那些钱扔在街上，算是付过了。

个人这样闹闹脾气还不要紧，若治国平天下也这样闹起执拗的脾气来，那还成甚么话？所以深知此弊的曹操要起来反对这种习气，力倡通脱。通脱即随便之意。此种提倡影响到文坛，便产生多量想说甚么便说甚么的文章。

更因思想通脱之后，废除固执，遂能充分容纳异端和外来的思想，故孔教以外的思想源源引入。

总括起来,我们可以说汉末魏初的文章是清峻,通脱。在曹操本身,也是一个改造文章的祖师,可惜他的文章传的很少。他胆子很大,文章从通脱得力不少,做文章时又没有顾忌,想写的便写出来。

所以曹操征求人才时也是这样说,不忠不孝不要紧,只要有才便可以。这又是别人所不敢说的。曹操做诗,竟说是"郑康成行酒伏地气绝",他引出离当时不久的事实,这也是别人所不敢用的。还有一样,比方人死时,常常写点遗令,这是名人的一件极时髦的事。当时的遗令本有一定的格式,且多言身后当葬于何处何处,或葬于某某名人的墓旁;操独不然,他的遗令不但没有依着格式,内容竟讲到遗下的衣服和伎女怎样处置等问题。

陆机虽然评曰"贻尘谤于后王",然而我想他无论如何是一个精明人,他自己能做文章,又有手段,把天下的方士文士统统搜罗起来,省得他们跑在外面给他捣乱。所以他帷幄里面,方士文士就特别地多。

孝文帝曹丕,以长子而承父业,篡汉而即帝位。他也是喜欢文章的。其弟曹植,还有明帝曹叡,都是喜欢文章的。不过到那个时候,于通脱之外,更加上华丽。丕著有《典论》,现已失散无全本,那里面说:"诗赋欲丽","文以气为主"。《典论》的零零碎碎,在唐宋类书中;一篇整的《论文》,在《文选》中可以看见。

后来有一般人很不以他的见解为然。他说诗赋不必寓教训,反对当时那些寓训勉于诗赋的见解,用近代的文学眼光看来,曹丕的一个时代可说是"文学的自觉时代",或如近代所说是为艺术而艺术(Art for Art's Sake)的一派。所以曹丕做的诗赋很好,更因他以"气"为主,故于华丽以外,加上壮大。归纳起来,汉末,魏初的文章,可说是:"清峻,通脱,华丽,壮大。"在文学的意见上,曹丕和曹植表面上似乎是不同的。曹丕说文章事可以留名声于千载;但子建却说文章小道,不足论的。据我的意见,子建大概是违心之论。这里有两个原因,第一,子建的文章做得好,一个人大概总是不满意自己所做而羡慕他人所为的,他的文章已经做得好,于是他便敢说文章是小道;第二,子建活动的目标在于政治方面,政治方面不甚得志,遂说文章是无用了。

曹操曹丕以外,还有下面的七个人:孔融,陈琳,王粲,徐幹,阮瑀,应玚,刘桢,都很能做文章,后来称为"建安七子"。七人的文章很少流传,现在我们很难判断;但,大概都不外是"慷慨","华丽"罢。华丽即曹丕所主张,慷慨就因当天下大乱之际,亲戚朋友死于乱者特多,于是为文就不免带着悲凉,激昂和"慷慨"了。

七子之中,特别的是孔融,他专喜和曹操捣乱。曹丕《典论》里有论孔融的,因此他也被拉进"建安七子"一块儿去。其实不对,很两样的。不过在当时,他的名声可非常之大。孔融作文,喜用讥嘲的笔调,曹丕很不满意他。孔融的文章现在传的也很少,就他所有的看起来,我们可以瞧出他并不大对别人讥讽,只对曹操。比方操破袁氏兄弟,曹丕把袁熙的妻甄氏拿来,归了自己,孔融就写信给曹操,说当初武王伐纣,将妲己给了周公了。操问他的出典,他说,以今例古,大概那时也是这样的。又比方曹操要禁酒,说酒可以亡国,非禁不可,孔融又反对他,说也有以女人亡国的,何以不禁婚姻?

其实曹操也是喝酒的。我们看他的"何以解忧?惟有杜康"的诗句,就可以知道。为什么他的行为会和议论矛盾呢?此无他,因曹操是个办事人,所以不得不这样做;孔融是旁观的人,所以容易说些自由话。曹操见他屡屡反对自己,后来借故把他杀了。他杀孔融的罪状大概是不孝。因为孔融有下列的两个主张。

第一,孔融主张母亲和儿子的关系是如瓶之盛物一样,只要在瓶内把东西倒了出来,母亲和儿子的关系便算完了。第二,假使有天下饥荒的一个时候,有点食物,给父亲不给呢?孔融的答案是:倘若父亲是不好的,宁可给别人。——曹操想杀他,便不惜以这种主张为他不忠不孝的根据,把他杀了。倘若曹操在世,我们可以问他,当初求才时就说不忠不孝也不要紧，为何又以不孝之名杀人呢？然而事实上纵使曹操再生，也没人敢问他，我们倘若去问他，恐怕他把我们也杀了！

与孔融一同反对曹操的尚有一个祢衡，后来给黄祖杀掉的。祢衡的文章也不错，而且他和孔融早是"以气为主"来写文章的了。故在此我们又可知道，汉文慢慢壮大起来，是时代使然，非专靠曹操父子之功的。但华丽好看，却是曹丕提倡的功劳。

这样下去一直到明帝的时候，文章上起了个重大的变化，因为出了一个何晏。

何晏的名声很大，位置也很高，他喜欢研究《老子》和《易经》。至于他是怎样的一个人呢？那真相现在可很难知道，很难调查。因为他是曹氏一派的人，司马氏很讨厌他，所以他们的记载对何晏大不满。因此产生许多传说，有人说何晏的脸上是搽粉的，又有人说他本来生得白，不是搽粉的。但究竟何晏搽粉不搽粉呢？我也不知道。

但何晏有两件事我们是知道的。第一，他喜欢空谈，是空谈的祖师；第二，他喜欢吃药，是吃药的祖师。

此外，他也喜欢谈名理。他身子不好；因此不能不服药。他吃的不是寻常的药，是一种名叫"五石散"的药。

"五石散"是一种毒药，是何晏吃开头的。汉时，大家还不敢吃，何晏或者将药方略加改变，便吃开头了。五石散的基本，大概是五样药：石钟乳，石硫黄，白石英，紫石英，赤石脂；另外怕还配点别样的药。但现在也不必细细研究它，我想各位都是不想吃它的。

从书上看起来，这种药是很好的，人吃了能转弱为强。因此之故，何晏有钱，他吃起来了；大家也跟着吃。那时五石散的流毒就同清末的鸦片的流毒差不多，看吃药与否以分阔气与否的。现在由隋巢元方做的《诸病源候论》的里面可以看到一些。据此书，可知吃这药是非常麻烦的，穷人不能吃，假使吃了之后，一不小心，就会毒死。先吃下去的时候，倒不怎样的，后来药的效验既显，名曰"散发"。倘若没有"散发"，就有弊而无利。因此吃了之后不能休息，非走路不可，因走路才能"散发"，所以走路名曰"行散"。比方我们看六朝人的诗，有云："至城东行散"，就是此意。后来做诗的人不知其故，以为"行散"即步行之意，所以不服药也以"行散"二字入诗，这是很笑话的。

走了之后，全身发烧，发烧之后又发冷。普通发冷宜多穿衣，吃热的东西。但吃药后的发冷刚刚要相反：衣少，冷食，以冷水浇身。倘穿衣多而食热物，那就非死不可。因此五石散一名寒食散。只有一样不必冷吃的，就是酒。

吃了散之后，衣服要脱掉，用冷水浇身；吃冷东西；饮热酒。这样看起来，五石散吃的人多，穿厚衣的人就少；比方在广东提倡,一年以后,穿西装的人就没有了。因为皮肉发烧之故,不能穿窄衣。为豫防皮肤被衣服擦伤,就非穿宽大的衣服不可。现在有许多人以为晋人轻裘缓带,宽衣,在当时是人们高逸的表现,其实不知他们是吃药的缘故。一班名人都吃药,穿的衣都宽大,于是不吃药的也跟着名人,把衣服宽大起来了!

还有,吃药之后,因皮肤易于磨破,穿鞋也不方便,故不穿鞋袜而穿屐。所以我们看晋人的画像或那时的文章,见他衣服宽大,不鞋而屐,以为他一定是很舒服,很飘逸的了,其实他心里都是很苦的。

更因皮肤易破,不能穿新的而宜于穿旧的,衣服便不能常洗。因不洗,便多虱。所以在文章上,虱子的地位很高,"扪虱而谈",当时竟传为美事。比方我今天在这里演讲的时候,扪起虱来,那是不大好的。但在那时不要紧,因为习惯不同之故。这正如清朝是提倡抽大烟的,我们看见两肩高耸的人,不觉得奇怪。现在就不行了,倘若多数学生,他的肩成为一字样,我们就觉得很奇怪了。

此外可见服散的情形及其他种种的书,还有葛洪的《抱朴子》。

到东晋以后,作假的人就很多,在街旁睡倒,说是"散发"以示阔气。就像清时尊读书,就有人以墨涂唇,表示他是刚才写了许多字的样子。故我想,衣大,穿屐,散发等等,后来效之,不吃也学起来,与理论的提倡实在是无关的。

又因"散发"之时,不能肚饿,所以吃冷物,而且要赶快吃,不论时候,一日数次也不可定。因此影响到晋时"居丧无礼"。——本来魏晋时,对于父母之礼是很繁多的。比方想去访一个人,那么,在未访之前,必先打听他父母及其祖父母的名字,以便避讳。否则,嘴上一说出这个字音,假如他的父母是死了的,主人便会大哭起来——他记得父母了——给你一个大大的没趣。晋礼居丧之时,也要瘦,不多吃饭,不准喝酒。但在吃药之后,为生命计,不能管得许多,只好大嚼,所以就变成"居丧无礼"了。

居丧之际,饮酒食肉,由阔人名流倡之,万民皆从之,因为这个缘故,社会上遂尊称这样的人叫作名士派。

吃散发源于何晏,和他同志的,有王弼和夏侯玄两个人,与晏同为服药的祖师。有他三人提倡,有多人跟着走。他们三人多是会做文章,除了夏侯玄的作品流传不多外,王何二人现在我们尚能看到他们的文章。他们都是生于正始的,所以又名曰"正始名士"。但这种习惯的末流,是只会吃药,或竟假装吃药,而不会做文章。

东晋以后,不做文章而流为清谈,由《世说新语》一书里可以看到。此中空论多而文章少,比较他们三个差得远了。三人中王弼二十余岁便死了，夏侯何二人皆为司马懿所杀。因为他二人同曹操有关系，非死不可，犹曹操之杀孔融，也是借不孝做罪名的。

二人死后，论者多因其与魏有关而骂他，其实何晏值得骂的就是因为他是吃药的发起人。这种服散的风气，魏，晋，直到隋，唐，还存在着，因为唐时还有"解散方"，即解五石散的药方，可以证明还有人吃，不过少点罢了。唐以后就没有人吃，其原因尚未详，大概因其弊多利少，和鸦片一样罢？

晋名人皇甫谧作一书曰《高士传》，我们以为他很高超。但他是服散的，曾有一篇文章，自说吃散之苦。因为药性一发，稍不留心，即会丧命，至少也会受非常的苦痛，或要发狂；本来聪明的人，因此也会变成痴呆。所以非深知药性，会解救，而且家里的人多深知药性不可。晋朝人多是脾气很坏，高傲，发狂，性暴如火的，大约便是服药的缘故。比方有苍蝇扰他，竟至拔剑追赶；就是说话，也要胡胡涂涂地才好，有时简直是近于发疯。但在晋朝更有以痴为好的，这大概也是服药的缘故。

魏末，何晏他们以外，又有一个团体新起，叫做"竹林名士"，也是七个，所以又称"竹林七贤"。正始名士服药，竹林名士饮酒。竹林的代表是嵇康和阮籍。但究竟竹林名士不纯粹是喝酒的，嵇康也兼服药，而阮籍则是专喝酒的代表。但嵇康也饮酒,刘伶也是这里面的一个。他们七人中差不多都是反抗旧礼教的。

这七人中,脾气各有不同。嵇阮二人的脾气都很大;阮籍老年时改得很好,嵇康就始终都是极坏的。

阮年青时,对于访他的人有加以青眼和白眼的分别。白眼大概是全然看不见眸子的,恐怕要练习很久才能够。青眼我会装,白眼我却装不好。

后来阮籍竟做到"口不臧否人物"的地步,嵇康却全不改变。结果阮得终其天年,而嵇竟丧于司马氏之手,与孔融何晏等一样,遭了不幸的杀害。这大概是因为吃药和吃酒之分的缘故:吃药可以成仙,仙是可以骄视俗人的;饮酒不会成仙,所以敷衍了事。

他们的态度,大抵是饮酒时衣服不穿,帽也不带。若在平时,有这种状态,我们就说无礼,但他们就不同。居丧时不一定按例哭泣;子之于父,是不能提父的名,但在竹林名士一流人中,子都会叫父的名号。旧传下来的礼教,竹林名士是不承认的。即如刘伶——他曾做过一篇《酒德颂》,谁都知道——他是不承认世界上从前规定的道理的,曾经有这样的事,有一次有客见他,他不穿衣服。人责问他;他答人说,天地是我的房屋,房屋就是我的衣服,你们为什么进我的裤子中来?至于阮籍,就更甚了,他连上下古今也不承认,在《大人先生传》

里有说:"天地解兮六合开,星辰陨兮日月颓,我腾而上将何怀?"他的意思是天地神仙,都是无意义,一切都不要,所以他觉得世上的道理不必争,神仙也不足信,既然一切都是虚无,所以他便沉湎于酒了。然而他还有一个原因,就是他的饮酒不独由于他的思想,大半倒在环境。其时司马氏已想篡位,而阮籍名声很大,所以他讲话就极难,只好多饮酒,少讲话,而且即使讲话讲错了,也可以借醉得到人的原谅。只要看有一次司马懿求和阮籍结亲,而阮籍一醉就是两个月,没有提出的机会,就可以知道了。

阮籍作文章和诗都很好,他的诗文虽然也慷慨激昂,但许多意思都是隐而不显的。宋的颜延之已经说不大能懂,我们现在自然更很难看得懂他的诗了。他诗里也说神仙,但他其实是不相信的。嵇康的论文,比阮籍更好,思想新颖,往往与古时旧说反对。孔子说:"学而时习之,不亦说乎?"嵇康做的《难自然好学论》,却道,人是并不好学的,假如一个人可以不做事而又有饭吃,就随便闲游不喜欢读书了,所以现在人之好学,是由于习惯和不得已。还有管叔蔡叔,是疑心周公,率殷民叛,因而被诛,一向公认为坏人的。而嵇康做的《管蔡论》,就也反对历代传下来的意思,说这两个人是忠臣,他们的怀疑周公,是因为地方相距太远,消息不灵通。

但最引起许多人的注意,而且于生命有危险的,是《与山巨源绝交书》中的"非汤武而薄周孔"。司马懿因这篇文章，就将嵇康杀了。非薄了汤武周孔，在现时代是不要紧的，但在当时却关系非小。汤武是以武定天下的；周公是辅成王的；孔子是祖述尧舜，而尧舜是禅让天下的。嵇康都说不好，那么，教司马懿篡位的时候，怎么办才是好呢？没有办法。在这一点上，嵇康于司马氏的办事上有了直接的影响，因此就非死不可了。嵇康的见杀，是因为他的朋友吕安不孝，连及嵇康，罪案和曹操的杀孔融差不多。魏晋，是以孝治天下的，不孝，故不能不杀。为什么要以孝治天下呢？因为天位从禅让，即巧取豪夺而来，若主张以忠治天下，他们的立脚点便不稳，办事便棘手，立论也难了，所以一定要以孝治天下。但倘只是实行不孝，其实那时倒不很要紧的，嵇康的害处是在发议论；阮籍不同，不大说关于伦理上的话，所以结局也不同。

但魏晋也不全是这样的情形，宽袍大袖，大家饮酒。反对的也很多。在文章上我们还可以看见裴𬱟的《崇有论》，孙盛的《老子非大贤论》，这些都是反对王何们的。在史实上，则何曾劝司马懿杀阮籍有好几回，司马懿不听他的话，这是因为阮籍的饮酒，与时局的关系少些的缘故。

然而后人就将嵇康阮籍骂起来，人云亦云，一直到现在，一千六百多年。季札说："中国之君子，明于礼义而陋于知人心。"这是确的，大凡明于礼义，就一定要陋于知人心的，所以古代有许多人受了很大的冤枉。例如嵇阮的罪名,一向说他们毁坏礼教。但据我个人的意见,这判断是错的。魏晋时代,崇奉礼教的看来似乎很不错,而实在是毁坏礼教,不信礼教的。表面上毁坏礼教者,实则倒是承认礼教,太相信礼教。因为魏晋时所谓崇奉礼教,是用以自利,那崇奉也不过偶然崇奉,如曹操杀孔融,司马懿杀嵇康,都是因为他们和不孝有关,但实在曹操司马懿何尝是著名的孝子,不过将这个名义,加罪于反对自己的人罢了。于是老实人以为如此利用,亵黩了礼教,不平之极,无计可施,激而变成不谈礼教,不信礼教,甚至于反对礼教。——但其实不过是态度,至于他们的本心,恐怕倒是相信礼教,当作宝贝,比曹操司马懿们要迂执得多。现在说一个容易明白的比喻罢,譬如有一个军阀,在北方——在广东的人所谓北方和我常说的北方的界限有些不同,我常称山东山西直隶河南之类为北方——那军阀从前是压迫民党的,后来北伐军势力一大,他便挂起了青天白日旗,说自己已经信仰三民主义了,是总理的信徒。这样还不够,他还要做总理的纪念周。这时候,真的三民主义的信徒,去呢,不去呢?不去,他那里就可以说你反对三民主义,定罪,杀人。但既然在他的势力之下,没有别法,真的总理的信徒,倒会不谈三民主义,或者听人假惺惺的谈起来就皱眉,好像反对三民主义模样。所以我想,魏晋时所谓反对礼教的人,有许多大约也如此。他们倒是迂夫子,将礼教当作宝贝看待的。

还有一个实证,凡人们的言论,思想,行为,倘若自己以为不错的,就愿意天下的别人,自己的朋友都这样做。但嵇康阮籍不这样,不愿意别人来模仿他。竹林七贤中有阮咸,是阮籍的侄子,一样的饮酒。阮籍的儿子阮浑也愿加入时,阮籍却道不必加入,吾家已有阿咸在,够了。假若阮籍自以为行为是对的,就不当拒绝他的儿子,而阮籍却拒绝自己的儿子,可知阮籍并不以他自己的办法为然。至于嵇康,一看他的《绝交书》,就知道他的态度很骄傲的;有一次,他在家打铁——他的性情是很喜欢打铁的——钟会来看他了,他只打铁,不理钟会。钟会没有意味,只得走了。其时嵇康就问他:"何所闻而来,何所见而去?"钟会答道:"闻所闻而来,见所见而去。"这也是嵇康杀身的一条祸根。但我看他做给他的儿子看的《家诫》——当嵇康被杀时,其子方十岁,算来当他做这篇文章的时候,他的儿子是未满十岁的——就觉得宛然是两个人。他在《家诫》中教他的儿子做人要小心,还有一条一条的教训。有一条是说长官处不可常去,亦不可住宿;官长送人们出来时,你不要在后面,因为恐怕将来官长惩办坏人时,你有暗中密告的嫌疑。又有一条是说宴饮时候有人争论,你可立刻走开,免得在旁批评,因为两者之间必有对与不对,不批评则不像样,一批评就总要是甲非乙,不免受一方见怪。还有人要你饮酒,即使不愿饮也不要坚决地推辞，必须和和气气的拿着杯子。我们就此看来，实在觉得很希奇：嵇康是那样高傲的人，而他教子就要他这样庸碌。因此我们知道，嵇康自己对于他自己的举动也是不满足的。所以批评一个人的言行实在难，社会上对于儿子不像父亲，称为"不肖"，以为是坏事，殊不知世上正有不愿意他的儿子像自己的父亲哩。试看阮籍嵇康，就是如此。这是，因为他们生于乱世，不得已，才有这样的行为，并非他们的本态。但又于此可见魏晋的破坏礼教者，实在是相信礼教到固执之极的。

不过何晏王弼阮籍嵇康之流，因为他们的名位大，一般的人们就学起来，而所学的无非是表面，他们实在的内心，却不知道。因为只学他们的皮毛，于是社会上便很多了没意思的空谈和饮酒。许多人只会无端的空谈和饮酒，无力办事，也就影响到政治上，弄得玩"空城计"，毫无实际了。在文学上也这样，嵇康阮籍的纵酒，是也能做文章的，后来到东晋，空谈和饮酒的遗风还在，而万言的大文如嵇阮之作，却没有了。刘勰说："嵇康师心以遣论，阮籍使气以命诗。"这"师心"和"使气"，便是魏末晋初的文章的特色。正始名士和竹林名士的精神灭后，敢于师心使气的作家也没有了。

到东晋，风气变了。社会思想平静得多，各处都夹入了佛教的思想。再至晋末，乱也看惯了，篡也看惯了，文章便更和平。代表平和的文章的人有陶潜。他的态度是随便饮酒，乞食，高兴的时候就谈论和作文章，无尤无怨。所以现在有人称他为"田园诗人"，是个非常和平的田园诗人。他的态度是不容易学的，他非常之穷，而心里很平静。家常无米，就去向人家门口求乞。他穷到有客来见，连鞋也没有，那客人给他从家丁取鞋给他，他便伸了足穿上了。虽然如此，他却毫不为意，还是"采菊东篱下，悠然见南山"。这样的自然状态，实在不易模仿。他穷到衣服也破烂不堪，而还在东篱下采菊，偶然抬起头来，悠然的见了南山，这是何等自然。现在有钱的人住在租界里，雇花匠种数十盆菊花，便做诗，叫作"秋日赏菊效陶彭泽体"，自以为合于渊明的高致，我觉得不大像。

陶潜之在晋末，是和孔融于汉末与嵇康于魏末略同，又是将近易代的时候。但他没有什么慷慨激昂的表示，于是便博得"田园诗人"的名称。但《陶集》里有《述酒》一篇，是说当时政治的。这样看来，可见他于世事也并没有遗忘和冷淡，不过他的态度比嵇康阮籍自然得多，不至于招人注意罢了。还有一个原因，先已说过，是习惯。因为当时饮酒的风气相沿下来，人见了也不觉得奇怪，而且汉魏晋相沿，时代不远，变迁极多，既经见惯，就没有大感触，陶潜之比孔融嵇康和平，是当然的。例如看北朝的墓志，官位升进，往往详细写着，再仔细一看，他是已经经历过两三个朝代了，但当时似乎并不为奇。

　　据我的意思，即使是从前的人，那诗文完全超于政治的所谓"田园诗人"，"山林诗人"，是没有的。完全超出于人间世的，也是没有的。既然是超出于世，则当然连诗文也没有。诗文也是人事，既有诗，就可以知道于世事未能忘情。譬如墨子兼爱，杨子为我。墨子当然要著书；杨子就一定不著，这才是"为我"。因为若做出书来给别人看，便变成"为人"了。

　　由此可知陶潜总不能超于尘世，而且，于朝政还是留心，也不能忘掉"死"，这是他诗文中时时提起的。用别一种看法研究起来，恐怕也会成一个和旧说不同的人物罢。

　　自汉末至晋末文章的一部分的变化与药及酒之关系，据我所知的大概是这样。但我学识太少，没有详细的研究，在这样的热天和雨天费去了诸位这许多时光，是很抱歉的。现在这个题目总算是讲完了。

一九二七年

小杂感

蜜蜂的刺,一用即丧失了它自己的生命;犬儒的刺,一用则苟延了他自己的生命。

他们就是如此不同。

约翰穆勒说:专制使人们变成冷嘲。

而他竟不知道共和使人们变成沉默。

要上战场,莫如做军医;要革命,莫如走后方;要杀人,莫如做刽子手。既英雄,又稳当。

与名流学者谈,对于他之所讲,当装作偶有不懂之处。太不懂被看轻,太懂了被厌恶。偶有不懂之处,彼此最为合宜。

世间大抵只知道指挥刀所以指挥武士,而不想到也可以指挥文人。

又是演讲录,又是演讲录。

但可惜都没有讲明他何以和先前大两样了;也没有讲明他

演讲时，自己是否真相信自己的话。

阔的聪明人种种譬如昨日死。

不阔的傻子种种实在昨日死。

曾经阔气的要复古，正在阔气的要保持现状，未曾阔气的要革新。

大抵如是。大抵！

他们之所谓复古，是回到他们所记得的若干年前，并非虞夏商周。

女人的天性中有母性，有女儿性；无妻性。

妻性是逼成的，只是母性和女儿性的混合。

防被欺。

自称盗贼的无须防，得其反倒是好人；自称正人君子的必须防，得其反则是盗贼。

楼下一个男人病得要死，那间壁的一家唱着留声机；对面是弄孩子。楼上有两人狂笑；还有打牌声。河中的船上有女人哭着她死去的母亲。

人类的悲欢并不相通，我只觉得他们吵闹。

每一个破衣服人走过，叭儿狗就叫起来，其实并非都是狗主人的意旨或使嗾。

叭儿狗往往比它的主人更严厉。

恐怕有一天总要不准穿破布衫，否则便是共产党。

革命，反革命，不革命。

革命的被杀于反革命的。反革命的被杀于革命的。不革命的或当作革命的而被杀于反革命的，或当作反革命的而被杀于革命的，或并不当作什么而被杀于革命的或反革命的。革命，革革命，革革革命，革革……。

人感到寂寞时，会创作；一感到干净时，即无创作，他已经一无所爱。

创作总根于爱。

杨朱无书。

创作虽说抒写自己的心，但总愿意有人看。

创作是有社会性的。

但有时只要有一个人看便满足：好友，爱人。

人往往憎和尚，憎尼姑，憎回教徒，憎耶教徒，而不憎道士。

懂得此理者，懂得中国大半。

要自杀的人，也会怕大海的汪洋，怕夏天死尸的易烂。

但遇到澄静的清池，凉爽的秋夜，他往往也自杀了。

凡为当局所"诛"者皆有"罪"。

刘邦除秦苛暴，"与父老约，法三章耳。"

而后来仍有族诛，仍禁挟书，还是秦法。

法三章者，话一句耳。

一见短袖子,立刻想到白臂膊,立刻想到全裸体,立刻想到生殖器,立刻想到性交,立刻想到杂交,立刻想到私生子。中国人的想像惟在这一层能够如此跃进。

一九二七年九月二十四日

卢梭和胃口

做过《民约论》的卢梭，自从他还未死掉的时候起，便受人们的责备和迫害，直到现在，责备终于没有完。连在和"民约"没有什么关系的中华民国，也难免这一幕了。

例如商务印书馆出版的《爱弥尔》中文译本的序文上，就说——

……本书的第五编即女子教育，他的主张非但不彻底，而且不承认女子的人格，与前四编的尊重人类相矛盾。……所以在今日看来，他对于人类正当的主张，可说只树得一半……。

然而复旦大学出版的《复旦旬刊》创刊号上梁实秋教授的意思，却"稍微有点不同"了。其实岂但"稍微"而已耶，乃是"卢梭论教育，无一是处，唯其论女子教育，的确精当。"因为那是"根据于男女的性质与体格的差别而来"的。而近代生物学和心理学研究的结果，又证明着天下没有两个人是无差别。怎样的人就该施以怎样的教育。所以，梁先生说——

"我觉得'人'字根本的该从字典里永远注销，或由政府下令永禁行使。因为'人'字的意义太糊涂了。聪明绝顶的人，我们叫他做人，蠢笨如牛的人，也一样的叫做人，弱不禁风的女子，叫做人，粗横强大的男人，也叫做人，人里面的三流九等，无一非人。近代的德谟克拉西的思想，平等的观念，其起源即由于不承认人类的差别。近代所谓的男女平等运动，其起源即由于不承认男女的差别。人格是一个抽象名词，是一个人的身心各方面的特点的总和。人的身心各方面的特点既有差别，实即人格上亦有差别。所谓侮辱人格的，即是不承认一个人特有的人格，卢梭承认女子有女子的人格，所以卢梭正是尊重女子的人格。抹杀女子所特有之特性者，才是侮辱女子人格。"

于是势必至于得到这样的结论——

"……正当的女子教育应该是使女子成为完全的女子。"

那么,所谓正当的教育者,也应该是使"弱不禁风"者,成为完全的"弱不禁风","蠢笨如牛"者,成为完全的"蠢笨如牛",这才免于侮辱各人——此字在未经从字典里永远注销,政府下令永禁行使之前,暂且使用——的人格了。卢梭《爱弥尔》前四编的主张不这样,其"无一是处",于是可以算无疑。

但这所谓"无一是处"者,也只是对于"聪明绝顶的人"而言;在"蠢笨如牛的人",却是"正当"的教育。因为看了这样的议论,可以使他更渐近于完全"蠢笨如牛"。这也就是尊重他的人格。

然而这种议论还是不会完结的。为什么呢?一者,因为即使知道说"自然的不平等",而不容易明白真"自然"和"因积渐的人为而似自然"之分。二者,因为凡有学说,往往"合吾人之胃口者则容纳之,且从而宣扬之"也。

上海一隅,前二年大谈亚诺德,今年大谈白璧德,恐怕也就是胃口之故罢。

许多问题大抵发生于"胃口",胃口的差别,也正如"人"字一样的——其实这两字也应该呈请政府"下令永禁行使"。我且抄一段同是美国的 Upton Sinclair 的,以尊重另一种人格罢——

"无论在那一个卢梭的批评家,都有首先应该解决的唯一的问题。为什么你和他吵闹的？要为他的到达点的那自由，平等，调协开路么？还是因为畏惧卢梭所发向世界上的新思想和新感情的激流呢？使对于他取了为父之劳的个人主义运动的全体怀疑，将我们带到子女服从父母，奴隶服从主人，妻子服从丈夫，臣民服从教皇和皇帝，大学生毫不发生疑问，而佩服教授的讲义的善良的古代去，乃是你的目的么？

"阿巍夫人曰：'最后的一句，好像是对于白璧德教授的一箭似的。'

"'奇怪呀，'她的丈夫说。'斯人也而有斯姓也……那一定是上帝的审判了。'"

不知道和原意可有错误，因为我是从日本文重译的。书的原名是《Mammonart》，在California的Pasadena作者自己出版，胃口相近的人们自己弄来看去罢。Mammon是希腊神话里的财神，art谁都知道是艺术。可以译作"财神艺术"罢。日本的译名是"拜金艺术"，也行。因为这一个字是作者生造的，政府既没有下令颁行，字典里也大概未曾注入，所以姑且在这里加一点解释。

一九二七年十二月二十一日

文学和出汗

上海的教授对人讲文学,以为文学当描写永远不变的人性,否则便不久长。例如英国,莎士比亚和别的一两个人所写的是永久不变的人性,所以至今流传,其余的不这样,就都消灭了云。

这真是所谓"你不说我倒还明白,你越说我越胡涂"了。英国有许多先前的文章不流传,我想,这是总会有的,但竟没有想到它们的消灭,乃因为不写永久不变的人性。现在既然知道了这一层,却更不解它们既已消灭,现在的教授何从看见,却居然断定它们所写的都不是永久不变的人性了。

只要流传的便是好文学,只要消灭的便是坏文学;抢得天下的便是王,抢不到天下的便是贼。莫非中国式的历史论,也将沟通了中国人的文学论欤?

而且,人性是永久不变的么?

类人猿，类猿人，原人，古人，今人，未来的人，……如果生物真会进化，人性就不能永久不变。不说类猿人，就是原人的脾气，我们大约就很难猜得着的，则我们的脾气，恐怕未来的人也未必会明白。要写永久不变的人性，实在难哪。

　　譬如出汗罢，我想，似乎于古有之，于今也有，将来一定暂时也还有，该可以算得较为"永久不变的人性"了。然而"弱不禁风"的小姐出的是香汗，"蠢笨如牛"的工人出的是臭汗。不知道倘要做长留世上的文字，要充长留世上的文学家，是描写香汗好呢，还是描写臭汗好？这问题倘不先行解决，则在将来文学史上的位置，委实是"岌岌乎殆哉"。

　　听说，例如英国，那小说，先前是大抵写给太太小姐们看的，其中自然是香汗多；到十九世纪后半，受了俄国文学的影响，就很有些臭汗气了。那一种的命长，现在似乎还在不可知之数。

　　在中国，从道士听论道，从批评家听谈文，都令人毛孔痊挛，汗不敢出。然而这也许倒是中国的"永久不变的人性"罢。

一九二七年十二月二十三日

文艺和革命

欢喜维持文艺的人们,每在革命地方,便爱说"文艺是革命的先驱"。

我觉得这很可疑。或者外国是如此的罢;中国自有其特别国情,应该在例外。现在妄加编排,以质同志——

1. 革命军。先要有军,才能革命,凡已经革命的地方,都是军队先到的:这是先驱。大军官们也许到得迟一点,但自然也是先驱,无须多说。

(这之前,有时恐怕也有青年潜入宣传,工人起来暗助,但这些人们大抵已经死掉,或则无从查考了,置之不论。)

2. 人民代表。军官们一到,便有人民代表群集车站欢迎,手执国旗,嘴喊口号,"革命空气,非常浓厚":这是第二先驱。

3. 文学家。于是什么革命文学,民众文学,同情文学,飞腾文学都出来了，伟大光明的名称的期刊也出来了，来指导青年的：这是——可惜得很，但也不要紧——第三先驱。

外国是革命军兴以前，就有被迫出国的卢梭，流放极边的珂罗连珂……。

好了。倘若硬要乐观，也可以了。因为我们常听到所谓文学家将要出国的消息，看见新闻上的记载，广告；看见诗；看见文。虽然尚未动身，却也给我们一种"将来学成归国，了不得呀！"的豫感，——希望是谁都愿意有的。

一九二七年十二月二十四

鲁迅年谱

· 1881 年

八月初三（公历 9 月 25 日），出生于浙江绍兴城内东昌坊口一个姓周的书香门第。小名阿张，本名樟寿，字豫才，后改名树人。至三十八岁，始用鲁迅为笔名。

· 1886 年

七岁入家塾读书，从叔祖玉田先生初诵《启蒙鉴略》。

· 1896 年

九月初六父伯宜公卒，年三十七。父卒后，家境益艰。

· 1898 年

5 月至南京江南水师学堂学习，10 月转入江南陆师学堂附设矿务铁路学堂学习。

· 1899 年

正月，改入江南陆师学堂附设路矿学堂，对于功课并不温习，而每逢考试辄列前茅。课余辄读译本新书，尤好小说，时或外出骑马。

· 1901 年

路矿学堂毕业。

· 1902 年

3月,由江南督练公所派赴日本留学,入东京弘文学院。课余喜读哲学与文艺之书,尤注意于人性及国民性问题。

· 1903 年

为《浙江潮》杂志撰文。秋,译《月界旅行》毕。

· 1904 年

六月初一日,祖父介孚公卒,年六十八。八月,往仙台入医学专门学校肆业。

· 1906 年

7月回家,与山阴朱女士结婚。同月,复赴日本,在东京研究文艺,中止学医。

· 1907 年

夏,拟创办文艺杂志,名曰《新生》,以费拙未印,后为《河南》杂志撰文。

· 1908 年

从章太炎先生炳麟学,为"光复会"会员,并与二弟作人译域外小说。1908年2月始《摩罗诗力说》连载于《河南》月刊第2、3号,支出《坟》。

8月《文明偏至论》发表于《河南》月刊第7号,支出《坟》。

· 1909 年

3月、7月,与二弟周作人合译的《域外小说集》第1集和第2集分别出版。

8月结束日本留学生活回国。

9月任浙江两级师范学堂化学及生理学教员,兼任日本教员铃木珪寿的植物学翻译。

· 1910 年

9月兼任绍兴府中学堂监学。

· 1911 年

10月绍兴光复,任绍兴师范学校校长。冬,写成第一篇试作小说《怀旧》,阅二年始发表于《小说月报》第四卷第一号。

· 1912 年

2月离开绍兴到南京临时政府教育部任部员。

5月北上,任北京教育部部员。

8月被任命为教育部社会教育司第一科科长。

· 1918 年

自5月开始创作以后,源源不绝,其第一篇小说《狂人日记》,以鲁迅为笔名,载在《新青年》第四卷第五号,抨击家族制度与礼教之弊害,实为文学革命思想之急先锋。

8月《我之节烈观》发表于《新青年》第5卷第2号,支出《坟》。

9月《随感录·二十五》发表于《新青年》第5卷第3号,支出《热风》。

·1919年

4月《孔乙己》发表于《新青年》第6卷第4号,支出《呐喊》集。

5月《药》发表于《新青年》第6卷第5号,支出《呐喊》集。

本月《随感录·五十七·如今的屠杀者》发表于《新青年》第6卷第5号,支出《热风》。

11月《我们现在怎样做父亲》发表于《新青年》第6卷第6号,支出《坟》。

·1920年

9月《风波》发表于《新青年》第8卷第1号,支出《呐喊》集。

·1921年

5月《故乡》发表于《新青年》第9卷第1号,支出《呐喊》集。

12月《阿Q正传》连载于4日至1922年2月12日《晨报副刊》,支出《呐喊》集。

·1923年

8月《呐喊》集由北京新潮社出版,为新潮社文艺丛书之一。

12月《中国小说史略》(上卷)由北京新潮社出版。

·1924年

3月《祝福》发表于《东方杂志》第21卷第6号,支出《彷徨》集。

同月《肥皂》发表于27日、28日《晨报副刊》支出《彷徨》集。

5月《在酒楼上》发表于《小说月报》第15卷第5号,支出《彷徨》集。

6月《中国小说史略》(下)由北京新潮社出版。

· 1925年

4月《春末闲谈》发表于《莽原》周刊第1期,支出《坟》。

同月《夏三虫》发表于《京报》副刊《民众文艺周刊》第16号,支出《华盖集》。

5月《灯下漫笔》发表于《莽原》周刊第2、5期,支出《坟》。

8月《论睁了眼看》发表于《语丝》第38期,支出《坟》。

10月作《孤独者》未另发表,支出《彷徨》集。

同月作《伤逝》,未另发表,支出《彷徨》集。

11月《离婚》发表于《语丝》第54期,支出《彷徨》集。

同月《热风》集由北京北新书局出版。

· 1926年

1月《论"费厄泼赖"应该缓行》发表于《莽原》半月刊第1期,支出《坟》。

2月《一点比喻》发表于《莽原》半月刊第4期,支出《华盖集续编》。

4月《记念刘和珍君》发表于《语丝》第74期,支出《华盖集续编》。

6月《华盖集》由北京北新书局出版。

8月《彷徨》集由北京北新书局出版。

9月由北京抵厦门,任厦门大学国文系教授兼国学研究院教授。

·1927年

1月辞厦大职,赴广州,任中山大学文学系主任兼教务主任。

3月《坟》由北京未名社出版。

4月辞中山大学一切职务。

本月作《庆祝沪宁克复的那一边》,载5月5日《国民新报》副刊《新出路》第11号。

同月始《眉间尺》连载于《莽原》第2卷第8、9期。1933年《自全集》出版时易名为《铸剑》,支出《故事新编》。

5月《华盖集续编》由北新书局出版。

8月《魏晋风度及文章与药及酒之关系》发表于11—13日、15—17日广州《民国日报》副刊《古代青年》,支出《而已集》。

9月与许广平一同离广州往上海。

11月《略论中国人的脸》发表于《莽原》半月刊第2卷第21、22期合刊,支出《而已集》。

·1928年

10月《而已集》由上海北新书局出版。

·1930年

3月《"硬译"与"文学的阶级性"》发表于《萌芽》月刊第1卷第3期,支出《二心集》。

同月出席中国左翼作家联盟成立大会。《对于左翼作家联盟的意见》,发表于4月出版的《萌芽》第1卷第4期,支出《二心集》。

5月《"丧家的""资本家的乏走狗"》发表于《萌芽》第1卷第5

期，支出《二心集》。

- 1931 年

12月《"友邦惊诧"论》发表于《穷乡僻壤》第2期，支出《二心集》。

- 1932 年

9月《三闲集》由上海北新书局出版。

10月《二心集》由上海合众书店出版。

- 1933 年

4月《两地书》由上海青光书局出版。

同月《为了忘却的记念》发表于《古代》第2卷第6期，支出《南腔北调集》。

同月《古代史》发表于8日《申报·自由谈》支出《伪自由书》。

5月《文章与标题》发表于5日《申报·自由谈》，支出《伪自由书》。

6月《二丑艺术》发表于18日《申报·自由谈》，支出《准风月谈》。

10月《伪自由书》由北新书局化名青光书局出版。

- 1934 年

3月《南腔北调集》由上海同文书店（原联华书局）出版。

- 1935 年

1月译苏联班台莱耶夫童话《表》并于1935年7月由生活书店出版。

2月开始译俄国果戈里《死魂灵》，2月《病后杂谈》发表于《文学》月刊第4卷第2号。

4月《十竹斋笺谱》第一册印成，5月《弄堂生意古今谈》发表于《漫画生活》月刊第9期。同月《集外集》由上海群众图书公司出版。

6月编选《新文学大系》小说二集并作导言毕，印成。

9月高尔基作《俄罗斯的童话》译本印成。

10月编瞿秋白遗著《海上述林》上卷。

11月续写《故事新编》。

12月整理《死魂灵百图》木刻本，并作序。同月作《采薇》《起死》。

· 1936年

1月《故事新编》由上海文化生活出版社印行。

2月《阿金》发表于《海燕》月刊第2期，支出《且介亭杂文》。

6月《花边文学》由上海联华书局出版。

9月《死》发表于《中流》半月刊第1卷第2期，支出《且介亭杂文末编》。

10月《半夏小集》发表于《作家》月刊第2卷第1期。支出《且介亭杂文末编》。

同月《女吊》发表于《中流》半月刊第1卷第3期，支出《且介亭杂文末编》。

10月17日作《因太炎先生而想起的二三事》，这是鲁迅最后一篇未完成文稿。

10月19日上午五时二十五分去世。